OSCAR WILDE

Título original: *A House of Pomegranates*
copyright © Editora Lafonte Ltda. 2022

Todos os direitos reservados.
Nenhuma parte deste livro pode ser reproduzida por quaisquer meios existentes sem autorização por escrito dos editores.

Direção Editorial	Ethel Santaella
Tradução	Débora Ginza
Revisão	Cristiane Fogaça
Texto de capa	Dida Bessana
Capa e Diagramação	Marcos Sousa
Imagens capa e miolo	Jessie M. King - Commons

Dados Internacionais de Catalogação na Publicação (CIP)
(Câmara Brasileira do Livro, SP, Brasil)

```
Wilde, Oscar, 1854-1900
   Oscar Wilde : para jovens leitores / Oscar Wilde ;
tradução Débora Ginza. -- São Paulo : Lafonte, 2022.

   Título original: A House of Pomegranates
   ISBN 978-65-5870-316-7

   1. Ficção norte-americana I. Título.

22-138982                                       CDD-813
```

Índices para catálogo sistemático:

1. Ficção : Literatura norte-americana   813

Inajara Pires de Souza - Bibliotecária - CRB PR-001652/O

Editora Lafonte
Av. Profª Ida Kolb, 551, Casa Verde, CEP 02518-000, São Paulo-SP, Brasil — Tel.: (+55) 11 3855-2100
Atendimento ao leitor (+55) 11 3855-2216 / 11 3855-2213 — atendimento@editoralafonte.com.br
Venda de livros avulsos (+55) 11 3855-2216 — vendas@editoralafonte.com.br
Venda de livros no atacado (+55) 11 3855-2275 — atacado@escala.com.br

OSCAR WILDE

PARA JOVENS LEITORES

**O JOVEM REI • O ANIVERSÁRIO DA INFANTA
O PESCADOR E SUA ALMA • O FILHO DAS ESTRELAS**

Tradução
Débora Ginza

Brasil, 2022

Lafonte

SUMÁRIO

O jovem rei
7

O aniversário da infanta
33

O pescador e sua alma
63

O filho das estrelas
117

O JOVEM REI

PARA MARGARET LADY BROOKE
(*Rainha de Sarauaque*)

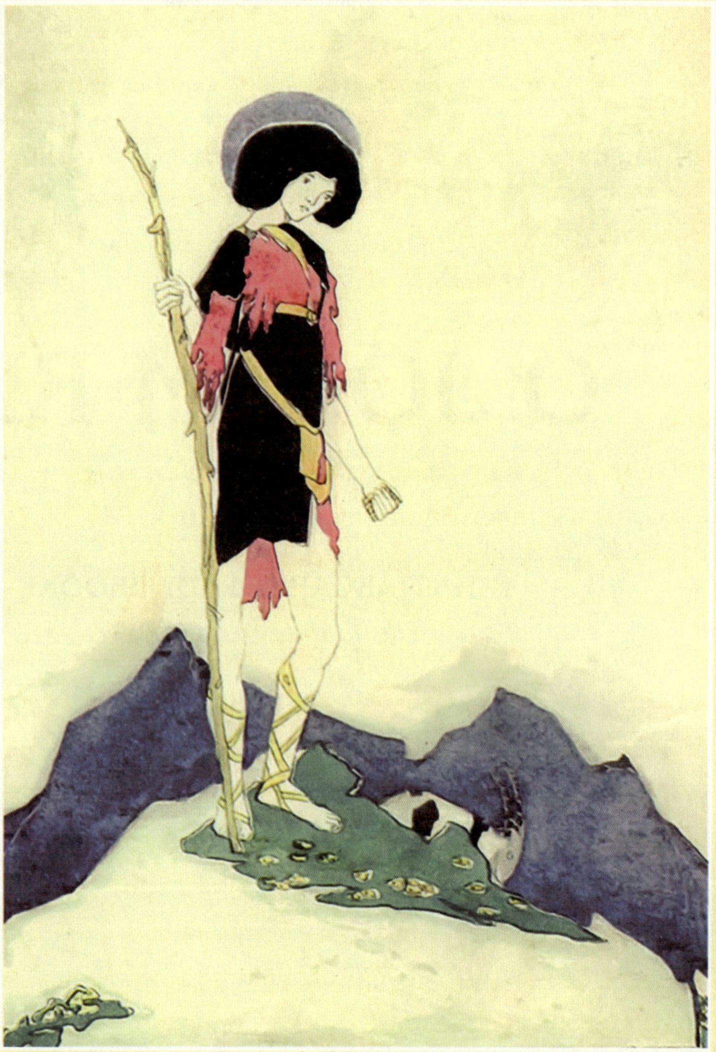

OSCAR WILDE
PARA JOVENS LEITORES

Era a véspera do dia marcado para coroação do jovem rei e lá estava ele, sentado e sozinho em seu belo aposento. Todos os seus cortesãos já haviam se despedido, curvando-se até tocar o chão de acordo com o costume da época, e se retirado para o Grande Salão do Palácio, para receberem as últimas lições do Professor de Etiqueta, pois alguns deles ainda tinham maneiras bem naturais, o que no caso de um cortesão, nem preciso dizer, é considerado uma ofensa muito grave.

O rapaz – pois ele era apenas um rapaz de dezesseis anos de idade – não lamentou a partida deles e se jogou para trás, com um profundo suspiro de alívio, nas almofadas macias de sua cama bordada e ficou ali deitado com o olhar atônito e a boca entreaberta, como um Fauno pardo do bosque ou um jovem animal da floresta que tinha acabado de ser capturado pelos caçadores.

E, de fato, ele havia sido encontrado por caçadores, quase que por acaso, de pés descalços e uma flauta na mão, quando estava seguindo o rebanho do pobre pastor de cabras que o criara e de quem ele sempre imaginara ser filho. Ele era o filho da única filha do velho Rei. Ela havia se casado secretamente com alguém muito abaixo de sua posição, um estranho, alguns diziam, que, pela maravilhosa magia do som de seu alaúde, havia feito a jovem princesa apaixonar-se por ele; enquanto outros falavam de um artista da cidade de Rimini, a quem a princesa havia dado muita atenção, talvez até demais, e que de repente desaparecera da cidade, deixando seu trabalho na catedral inacabado. Ele tinha sido roubado do lado de sua mãe, com apenas uma semana de vida, enquanto ela dormia, e entregue aos cuidados de um camponês e sua esposa, que não tinham filhos e viviam em uma parte remota da floresta, a mais de um dia de cavalgada da cidade. A dor, ou a peste, como dizia o médico da corte, ou, como alguns sugeriram, um rápido veneno italiano administrado em uma taça de vinho condimentado, matou, uma hora depois de seu despertar, a menina de pele branca que lhe havia dado à luz, e enquanto o fiel mensageiro, que carregava a criança em sua sela, descia de seu cavalo cansado e batia na humilde porta da cabana do pastor, o corpo da princesa era baixado em uma cova aberta que havia sido cavada em um cemitério deserto, fora das portas da cidade; uma sepultura onde se dizia que também jazia outro corpo, o de um jovem de beleza extraordinária e exótica, cujas mãos estavam amarradas para atrás com um cordão cheio de nós e cujo peito estava perfurado com muitas feridas vermelhas.

Essa, pelo menos, era a história que as pessoas contavam umas às outras. Certo era que o velho rei, quando em seu leito de morte, movido pelo remorso de seu grande pecado, ou simplesmente pelo desejo de que o reino fosse passado para alguém de sua linhagem, mandou buscar o rapaz e, na presença do Conselho, o reconheceu como seu herdeiro.

Parece que desde o primeiro momento de seu reconhecimento, ele demonstrou sinais de estranha paixão pela beleza e tal paixão estava destinada a ter uma influência muito grande em sua vida. Os que o acompanharam ao conjunto de quartos reservados para lhe servir comentaram muitas vezes sobre as exclamações de prazer que brotavam de seus lábios ao ver as roupas delicadas e as ricas joias que haviam sido preparadas exclusivamente para ele, e da alegria quase selvagem com que ele jogou para o lado sua rústica túnica de couro e o grosseiro manto de pele de carneiro. Na verdade, algumas vezes ele sentia falta da liberdade de sua vida na floresta, e estava sempre propenso a se irritar com as tediosas cerimônias da Corte que ocupavam o dia inteiro, mas o maravilhoso palácio de *Joyeuse*[1], como eles o chamavam, onde agora ele era o soberano, parecia-lhe um mundo novo e remodelado para seu deleite; e assim que conseguia escapar da mesa do conselho ou da sala de audiências, ele descia a grande escadaria, com seus leões de bronze dourados e seus degraus de mármore brilhantes, e vagava de sala em sala, e de corredor em corredor, como quem procura encontrar na beleza um alívio para a dor, uma espécie de tratamento para a doença.

Nessas viagens de descoberta, como ele as chamava, e, de fato, eram para ele verdadeiras viagens por uma terra

---

[1] Joyeuse – em francês significa "alegre".

maravilhosa, às vezes ele era acompanhado pelos pajens magros e louros da Corte, com seus mantos e faixas alegres e esvoaçantes; porém, frequentemente, ele estava sozinho, sentindo com um instinto sutil, como se fosse uma revelação divina, que os mistérios da arte são mais bem aprendidos em segredo, e que a Beleza, como a Sabedoria, ama o adorador solitário.

Muitas histórias curiosas foram relatadas sobre ele neste período. Diziam que um robusto burgomestre[2], que viera fazer um pronunciamento oficial em nome dos cidadãos da cidade, o vira ajoelhado em verdadeira adoração diante de um grande quadro que acabara de ser trazido de Veneza, e aquilo parecia adoração a alguns deuses novos. Em outra ocasião, ele havia desaparecido por várias horas e, após uma longa busca, foi encontrado em um pequeno quarto em uma das torres do lado norte do palácio apreciando, como se estivesse em transe, uma joia grega esculpida com a figura de Adônis. Também tinha sido visto, segundo o que contam, pressionando seus lábios quentes no rosto de uma estátua de mármore que havia sido descoberta no leito do rio durante a construção de uma ponte de pedra, e onde estava inscrito o nome do escravo bitínio[3] do Imperador Adriano. Ele também passou uma noite inteira observando o efeito do luar na imagem prateada de Endimião[4].

Todos os materiais raros e caros com certeza exerciam grande fascínio sobre ele, e em sua ânsia de adquiri-los ele havia enviado muitos mercadores, alguns para traficar âmbar com os rudes pescadores dos mares do norte, alguns para o Egito em busca da exótica turquesa verde que só era encontrada nos

---

2 Burgomestre – prefeito ou administrador geral da região ou da cidade.
3 Bitínio: nascido na Bitínia, região que se situava do noroeste da Anatólia ao sudoeste do Mar Negro.
4 Endimião: na mitologia grega ele era filho de Zeus e de Protogênia.

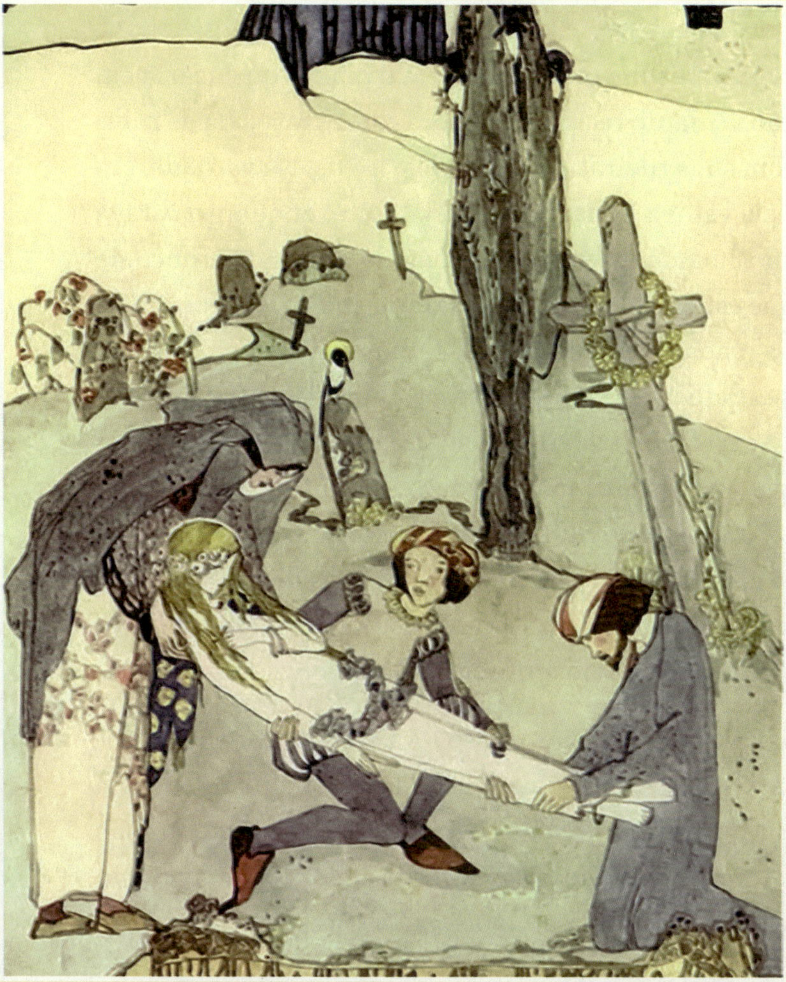

túmulos dos reis, e diziam que possuía propriedades mágicas. Alguns mercadores iam para a Pérsia para trazer tapetes de seda e cerâmica pintada, e outros para a Índia para comprar gaze e marfim, pedras da lua e braceletes de jade, sândalo, esmalte azul e xales de lã fina.

Mas o que mais lhe preocupava era o manto que usaria em sua coroação, o manto tecido em ouro, a coroa cravejada de rubis e o cetro com suas fileiras e argolas de pérolas. Na verdade, era nisso que ele estava pensando aquela noite, enquanto estava deitado em seu sofá luxuoso, observando o grande tronco de pinheiro que estava queimando na lareira aberta. Os desenhos, feitos pelas mãos dos artistas mais famosos da época, haviam sido apresentados a ele muitos meses antes, e ele havia ordenado que os artesãos trabalhassem dia e noite para executar o trabalho e que as joias mais lindas e dignas desse trabalho fossem procuradas pelo mundo inteiro. Ele imaginou-se em pé no altar da catedral com as belas vestimentas de um rei, e um sorriso brincou e permaneceu em seus lábios de menino iluminando com um brilho reluzente seus olhos selvagens escuros.

Depois de algum tempo, ele se levantou da cadeira e, encostado na marquise esculpida da chaminé, olhou ao redor da sala mal iluminada. As paredes estavam decoradas com ricas tapeçarias representando o Triunfo da Beleza. Um armário grande, incrustado em ágata e lápis-lazúli, ficava em um canto, e de frente para a janela havia um curioso gaveteiro com painéis laqueados com ouro em pó formando mosaicos e dentro dele foram colocadas algumas delicadas taças de cristal veneziano e um cálice de ônix com veios escuros. Papoulas de cores claras foram bordadas na colcha de seda da cama, como se tivessem caído das mãos cansadas de sono, e altos mastros de marfim estriados sustentavam o dossel de veludo, do qual grandes ramos de plumas de avestruz saltavam, como espuma branca, em direção à prata de cor pálida do teto entalhado. Um Narciso sorridente, em bronze verde, segurava um espelho polido acima de sua cabeça. Em cima da mesa havia uma tigela rasa de ametista.

Do lado de fora, ele podia ver a enorme cúpula da catedral, pairando como uma bolha sobre as casas sombrias, e as sentinelas exaustas andando de um lado para o outro no terraço enevoado à beira do rio. Em um pomar ao longe, um rouxinol cantava. Um leve perfume de jasmim entrou pela janela aberta. Ele escovou seu cabelo jogando os cachos castanhos para trás e, pegando o alaúde, deixou os dedos percorrerem as cordas. Suas pálpebras pesadas caíram, e um estranho langor tomou conta dele. Nunca antes sentira com tanta intensidade, nem com tão intensa alegria, a magia e o mistério das coisas belas.

Quando soou meia-noite no relógio da torre, ele tocou uma campainha, e seus pajens entraram e o despiram com muita cerimônia, derramando água de rosas em suas mãos e espalhando flores em seu travesseiro. Alguns momentos depois que eles saíram do quarto, ele adormeceu.

* * * * * * *

E enquanto dormia teve um sonho, e este foi o seu sonho. Sonhou que estava parado em um sótão longo e baixo, em meio aos ruídos e zumbidos de muitos teares. A escassa luz do dia entrava pelas janelas com grades e mostrava a ele as figuras esqueléticas dos tecelões curvados sobre seus teares. Crianças pálidas e de aparência doentia ficavam agachadas e encostadas em enormes vigas. À medida que as lançadeiras avançavam pela urdidura, elas levantavam as pesadas ripas e depois as deixavam cair e apertavam os fios. Seus rostos estavam contraídos pela fome, e suas mãos magras tremiam sem parar. Algumas mulheres desfiguradas estavam sentadas a uma mesa costurando. Um cheiro horrível tomava conta do lugar. O ar era repulsivo e pesado, e as paredes pingavam e escorriam umidade.

O jovem rei foi até um dos tecelões, ficou ao lado dele e o observou.

O tecelão olhou para ele cheio de raiva e disse: — Por que você está me olhando? Você é um espião colocado aqui por nosso mestre?

— Quem é seu mestre? — perguntou o jovem rei.

— Nosso mestre! — gritou o tecelão, com amargura. — Ele é um homem como eu. De fato, há apenas uma diferença entre nós: ele veste roupas finas enquanto eu uso trapos, e enquanto estou fraco de tanta fome ele não sofre nem um pouco com sua superalimentação.

— O país é livre — disse o jovem rei — e você não é escravo de ninguém.

— Na guerra — respondeu o tecelão — os fortes transformam os fracos em seus escravos, e na paz os ricos escravizam os pobres. Temos que trabalhar para viver, e eles nos dão salários tão baixos que morremos de fome. Trabalhamos para eles o dia todo, e eles acumulam ouro em seus cofres, enquanto nossos filhos enfraquecem antes do tempo, e os rostos daqueles que amamos se tornam duros e maus. Pisamos as uvas para que eles bebam vinho. Semeamos o trigo, mas não há pão em nossa mesa. Usamos correntes, embora nenhum olho as veja, e somos escravos, embora os homens nos chamem de livres.

— É assim com todos? — perguntou o jovem rei

— É assim com todos — respondeu o tecelão — com os jovens, com os velhos, com as mulheres e os homens, com os bebês e as crianças mais velhas. Os mercadores nos esmagam, mas somos obrigados a trabalhar para eles. O padre passa por nós dizendo suas orações, mas nenhum homem se preocupa conosco. Através de nossos caminhos sem sol, a Pobreza se arrasta com seus olhos famintos, e o Pecado com sua face encharcada em lágrimas segue logo atrás dela. A Miséria nos acorda de manhã e a Vergonha se senta conosco à noite. Mas o que significa tudo isso para você? Você não é um de nós. Seu rosto está cheio de felicidade — então ele se virou, com olhar carrancudo, jogou a lançadeira por cima do tear e o jovem rei percebeu que ali havia um fio de ouro.

E um grande terror se apoderou dele, e ele perguntou ao tecelão: — Que manto é este que você está tecendo?

— É o manto para a coroação do jovem Rei — ele respondeu —, mas o que é isso para você?

Em seguida o jovem Rei soltou um grito e acordou. E, vejam só, ele estava em seu próprio quarto e, pela janela, viu a grande lua cor de mel pairando no ar sombrio.

* * * * * * *

E ele adormeceu novamente e sonhou. E este foi o seu sonho:

Sonhou que estava deitado no convés de uma enorme galé[5] onde remavam centenas de escravos. Em um tapete ao seu lado

---

5 Galé: embarcação comprida e estreita com duas velas, mas impelida basicamente por remos. Foi usada desde a Antiguidade grega até os fins do XVIII.

estava sentado o mestre do barco. Ele era negro como o ébano, e seu turbante era de seda carmesim. Grandes brincos de prata desciam pelos lóbulos grossos de suas orelhas, e nas mãos trazia um par de escamas cor de marfim.

Os escravos estavam nus, exceto por uma tanga esfarrapada, e ficavam acorrentados uns aos outros. O sol quente batia forte sobre eles, e os negros corriam para cima e para baixo no passadiço e os açoitavam com chicotes de couro. Os escravos esticavam os braços finos e puxavam os remos pesados pela água; o sal espirrava das pás.

Por fim, chegaram a uma pequena baía e começaram a fazer a sondagem. Um vento fraco soprava da costa e cobria o convés e a grande vela latina com uma fina poeira vermelha. Três árabes montados em jumentos selvagens apareceram e atiraram lanças contra eles. O mestre da galé pegou um arco pintado na mão e atirou de volta na garganta de um deles. Ele caiu pesadamente sobre as ondas e seus companheiros fugiram galopando. Uma mulher coberta por um véu amarelo seguia lentamente em um camelo, olhando de vez em quando para o corpo morto.

Assim que lançaram âncora e baixaram a vela, os negros desceram até o porão e trouxeram uma longa escada de corda, pesadamente carregada de chumbo. O mestre da galé jogou-a para o lado, prendendo as extremidades em dois postes de ferro. Então os negros agarraram o escravo mais novo e retiraram suas algemas, enchendo suas narinas e ouvidos com cera e amarrando-lhe uma grande pedra na cintura. Ele desceu a escada se arrastando e desapareceu no mar. Algumas bolhas subiram no lugar onde ele havia afundado. Outros escravos olhavam curiosos pela borda. Na proa da galé estava sentado um encantador de tubarões, batendo monotonamente em um tambor.

Depois de algum tempo, o mergulhador saiu da água e agarrou-se ofegante à escada com uma pérola na mão direita. Os negros a tomaram dele e o empurraram de volta para o mar. Os escravos adormeciam sobre seus remos.

Repetidas vezes ele aparecia, e cada vez que o fazia trazia consigo uma linda pérola. O mestre da galé as pesava e as colocava em uma pequena bolsa de couro verde.

O jovem rei tentou falar, mas sua língua parecia estar grudada no céu da boca e seus lábios se recusavam a se mover. Os negros tagarelavam entre si e começaram a brigar por causa de um colar de contas brilhantes enquanto duas garças voavam ao redor da embarcação.

Então o mergulhador subiu pela última vez, e a pérola que trouxe consigo era mais bela do que todas as pérolas de Ormuz[6], pois tinha o formato da lua cheia e era mais branca do que a estrela da manhã. Mas seu rosto estava estranhamente pálido e, quando ele caiu no convés, o sangue jorrou de seus ouvidos e narinas. Ele estremeceu um pouco, e depois ficou imóvel. Os negros encolheram seus ombros mostrando desdém e arremessaram o corpo ao mar.

O mestre da galé riu e, estendendo a mão, pegou a pérola e, quando a viu, apertou-a contra a testa e fez uma reverência dizendo: — Esta será para o cetro do jovem rei — e fez sinal aos negros para que levantassem a âncora.

E quando o jovem rei ouviu isso, deu um grande grito e

---

6 Ormuz: o estreito de Ormuz, no Golfo Pérsico, é um pedaço do oceano onde os pescadores mergulham muito para trazer pérolas e mariscos.

acordou, e pela janela viu os longos dedos cinzentos da aurora agarrando as estrelas que fugiam.

****

E depois disso, ele adormeceu novamente e sonhou. E este foi o seu sonho:

Sonhou que estava vagando por uma floresta escura, repleta de frutas estranhas e lindas flores venenosas. As serpentes sibilavam para ele quando passava, e os papagaios brilhantes voavam gritando de galho em galho. Grandes tartarugas dormiam na lama quente e as árvores estavam cheias de macacos e pavões.

Ele continuou andando até chegar aos limites da floresta, e lá ele viu uma imensa multidão de homens trabalhando no leito de um rio seco. Eles invadiam o penhasco como formigas. Faziam covas profundas no solo e desapareciam dentro delas. Alguns deles fendiam as rochas com grandes machados, outros agarravam a areia. Arrancavam o cacto pelas raízes e pisoteavam as flores escarlates. Estavam todos apressados, chamando uns aos outros, e nenhum homem estava ocioso.

Da escuridão de uma caverna, a Morte e a Avareza os observavam, e a Morte disse: — Estou cansada, me dê um terço deles e me deixe ir.

Mas a Avareza balançou a cabeça e respondeu:

— Eles são meus servos.

E a Morte disse a ela: — O que você tem nas mãos?

— Tenho três grãos de trigo — respondeu ela. — O que é isso para você?

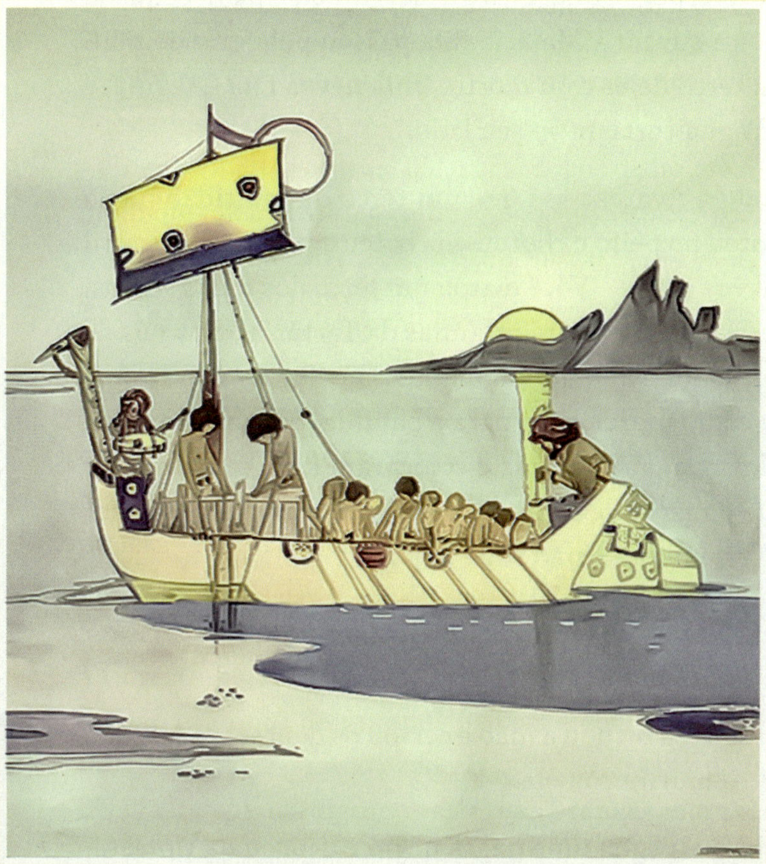

— Dê-me um deles — implorou a Morte — quero plantar no meu jardim; apenas um deles, e eu irei embora.

— Não lhe darei nada — disse a Avareza, e escondeu a mão na dobra de suas vestes.

A Morte riu, pegou uma taça e a mergulhou em um pequeno lago, e da taça surgiu a Malária. Ela passou pela grande multidão, e um terço deles caiu morto. Uma névoa fria a seguia, e as cobras d'água corriam ao seu lado.

E quando a Avareza viu que um terço da multidão havia morrido, bateu no peito e chorou. Ela bateu em seu peito estéril e gritou em voz alta: — Você matou um terço dos meus servos, vá embora. Há guerra nas montanhas da Tartária[7], e os reis de cada um dos lados estão lhe chamando. Os afegãos mataram o boi preto e estão marchando para a batalha. Eles bateram em seus escudos com suas lanças e colocaram seus capacetes de ferro. O que o meu vale significa para você, por que você quer ficar aqui? Vá embora e não volte mais.

— Não — respondeu a Morte — não sairei daqui até que você me dê um grão de trigo.

Mas a Avareza fechou a mão e cerrou os dentes. — Não lhe darei nada — murmurou ela.

A Morte riu, pegou uma pedra negra e a jogou na floresta, e de uma moita de cicuta selvagem veio a Febre em um manto de chamas. Ela passou pela multidão, e os tocou, e cada homem que ela tocou morreu. A grama secava sob seus pés por onde ela caminhava.

---

7 Nome usado para designar a região da Ásia central e setentrional.

Então, a Avareza estremeceu e jogava cinzas em sua cabeça enquanto gritava:

— Você é cruel, você é cruel. Há fome nas cidades muradas da Índia, e as cisternas de Samarcanda estão secas. Há fome nas cidades muradas do Egito, e os gafanhotos subiram do deserto. O Nilo não inundou suas encostas e os sacerdotes amaldiçoaram Ísis e Osíris. Vá para aqueles que precisam de você e deixe os meus servos comigo.

— Não — respondeu a Morte — não irei até que você me dê um grão de trigo.

— Não te darei nada — disse a Avareza.

Então a Morte riu novamente e assobiou por entre os dedos, e uma mulher veio voando pelo ar. "Peste" estava escrito em sua testa, e uma multidão de abutres magros a rodeava. Ela cobriu o vale com suas asas e nenhum homem ficou vivo.

E a Avareza fugiu gritando pela floresta, e a Morte montou em seu cavalo vermelho e saiu galopando, e seu galope era mais rápido que o vento.

E do lodo do fundo do vale rastejaram dragões e coisas horríveis com escamas, e os chacais vieram trotando pela areia, farejando o ar com as narinas.

E o jovem rei chorou e disse: — Quem eram esses homens e o que eles procuravam?

— Procuravam rubis para a coroa de um rei — respondeu alguém que estava atrás dele.

E o jovem rei estremeceu e, virando-se, viu um homem vestido de peregrino e segurando na mão um espelho de prata.

E ele ficou pálido e perguntou: — Para que rei?

E o peregrino respondeu: — Olhe neste espelho, e você o verá.

Então ele olhou no espelho e, vendo seu próprio rosto, deu um grito muito alto e acordou; a luz do sol brilhante entrava no quarto e os pássaros cantavam felizes nas árvores do jardim.

* * * * * * *

O mordomo e os altos oficiais do Estado entraram e fizeram reverência a ele, e os pajens trouxeram-lhe o manto de tecido de ouro, e colocaram a coroa e o cetro diante dele.

O jovem Rei olhou para os objetos e eles eram lindos. Eram mais bonitos do que qualquer coisa que ele já tinha visto. Mas ele se lembrou de seus sonhos e disse aos seus servos: — Tirem estas coisas daqui porque não vou usá-las.

E os cortesãos ficaram assustados, e alguns deles até riram, pois pensaram que ele estivesse brincando.

Mas ele voltou a falar com severidade e disse: — Retirem estas coisas daqui e escondam-nas de mim. Embora seja o dia da minha coroação, não as usarei. Pois no tear da Tristeza e pelas mãos pálidas da Dor, meu manto foi tecido. Há Sangue no coração do rubi e Morte no coração da pérola — em seguida, ele lhes contou seus três sonhos.

E quando os cortesãos os ouviram, eles se entreolharam e sussurraram, dizendo:

— Certamente ele está louco; pois o que é um sonho senão apenas um sonho, e uma visão senão uma simples visão? Não são coisas reais nas quais se deve prestar atenção. E o que temos a ver com a vida daqueles que trabalham por nós? Não comerá o homem o pão até ver o semeador, nem beberá vinho antes de falar com o lavrador?

E o mordomo falou com o jovem rei e disse: — Meu senhor, eu lhe peço que deixe de lado estes seus pensamentos obscuros, e vista este manto e coloque esta coroa na sua cabeça. Pois como o povo saberá que o senhor é um rei, se não vestir roupas de rei?

E o jovem rei olhou para ele e perguntou: — Isso é verdade? Eles não me reconhecerão como rei se eu não estiver vestindo roupas de rei?

— Eles não o conhecerão, meu senhor — exclamou o mordomo.

— Pensei que houvesse homens que fossem nobres sem precisar usar as roupas de um rei — respondeu ele —, mas pode ser como você diz. No entanto, não usarei este manto, nem serei coroado com esta coroa, mas assim como cheguei a esse palácio, sairei dele.

E pediu a todos que o deixassem, exceto um pajem a quem manteve como companhia, um rapaz um ano mais novo que ele. Esse ele manteve a seu serviço e, depois de se banhar em água límpida, abriu um grande baú pintado, e dele tirou a túnica de couro e o manto de pele de carneiro rústico que usara quando cuidava das cabras do pastor nas encostas. Então, ele vestiu-se e colocou em sua mão o rústico cajado de pastor.

O pajem abriu seus grandes olhos azuis maravilhado e disse sorrindo para ele: — Meu senhor, eu vejo seu manto e seu cetro, mas onde está sua coroa?

E o jovem Rei arrancou um ramo da roseira selvagem que

estava subindo pela sacada, o dobrou fazendo um círculo e o colocou em sua própria cabeça.

— Esta será a minha coroa — respondeu ele.

E vestido assim ele saiu de seus aposentos para ir até o Grande Salão, onde os nobres o esperavam.

Alguns nobres se divertiram e gritaram para ele: — Meu senhor, o povo espera por seu rei, e você lhes apresenta um mendigo — e outros ficaram furiosos e disseram: — Ele envergonha nosso povo e é indigno de ser nosso mestre.

Ele, porém, não disse uma única palavra e continuou a descer a escadaria de pórfiro[8] brilhante, saiu pelos portões de bronze, montou em seu cavalo e cavalgou em direção à catedral, com o pequeno pajem correndo ao seu lado.

E as pessoas riam e zombavam dele dizendo: — É o bobo da corte que está passando.

Então ele puxou as rédeas e disse: — Não, eu sou o Rei — contou-lhes seus três sonhos.

Um homem saiu da multidão e disse a ele com profunda amargura: — O senhor não sabe que do luxo do rico depende a vida do pobre? Somos alimentados através de sua pompa e seus vícios nos trazem o pão. Trabalhar para um mestre severo é amargo, mas não ter mestre por quem trabalhar é mais amargo ainda. O senhor acha que os corvos nos alimentarão? E qual será a solução para estas coisas? O senhor dirá ao comprador: "Compre por tal preço" e ao vendedor: "Venda por este preço"?

---

8 Pórfiro: é uma rocha do grupo das rochas ígneas com fenocristais em mais de 50% do volume da rocha. O pórfiro é o produto de erupções vulcânicas antigas.

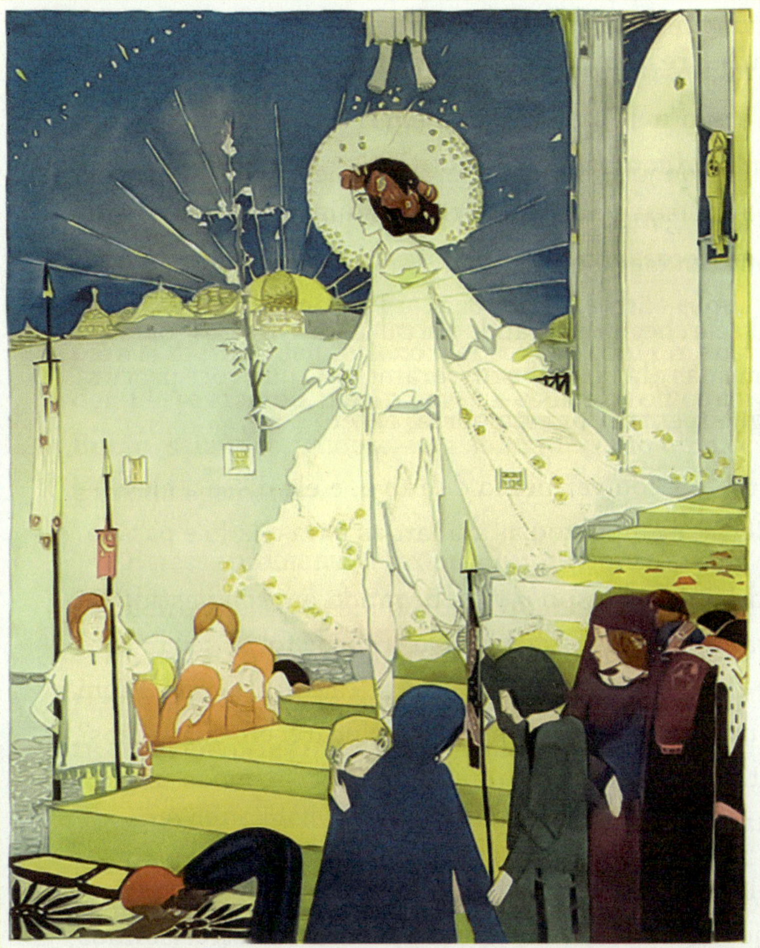

Eu não acredito. Portanto, volte para o seu palácio e vista seu manto púrpura e seu linho fino. O que o senhor tem a ver conosco e com nosso sofrimento?

— Os ricos e os pobres não são irmãos? — perguntou o jovem rei.

— Sim — respondeu o homem —, e o nome do irmão rico é Caim.

E os olhos do jovem rei encheram-se de lágrimas, mas ele continuou cavalgando entre as pessoas que murmuravam e o pajem ficou com medo e o deixou.

Quando ele chegou ao grande portal da catedral, os soldados estenderam suas alabardas[9] e disseram: — O que você procura aqui? Ninguém entra por esta porta, exceto o rei.

E seu rosto ficou vermelho de raiva, e ele disse a eles: — Eu sou o Rei — e empurrou as alabardas para o lado e passou.

Quando o velho bispo o viu chegando em seu vestido de pastor, levantou-se assustado de seu trono, e foi ao seu encontro e disse-lhe: — Meu filho, isso é um traje de um rei? E com que coroa irei lhe coroar, e qual cetro colocarei em suas mãos? Certamente este deveria ser um dia de alegria, e não um dia de humilhação.

— A alegria deve vestir o que a Tristeza modelou? — perguntou o jovem Rei. E, em seguida, contou seus três sonhos ao velho bispo.

---

9 Alabarda: antiga arma formada por uma longa haste rematada por uma peça pontiaguda de ferro, atravessada por uma lâmina em forma de meia-lua.

E assim que o bispo os ouviu, franziu as sobrancelhas e disse: — Meu filho, sou um homem velho e estou no inverno de meus dias, sei que muitas coisas más são feitas no mundo inteiro. Os ladrões ferozes descem das montanhas, levam as criancinhas e as vendem aos mouros. Os leões espreitam as caravanas e saltam sobre os camelos. Os javalis arrancam as raízes do milho no vale, e as raposas roem as vinhas na colina. Os piratas devastam a enseada e queimam os barcos dos pescadores, tomando-lhes as redes. Nas salinas vivem os leprosos em casas de junco e ninguém pode chegar perto deles. Os mendigos vagam pelas cidades e comem sua comida com os cães. Você pode fazer com que essas coisas não aconteçam? Você levará o leproso para dormir em sua cama e colocará o mendigo sentado à sua mesa? O leão cumprirá suas ordens e o javali lhe obedecerá? Aquele que criou a miséria não é mais sábio do que você? Por isso, não vou elogiar o que você fez, mas vou pedir que volte ao Palácio, alegre seu rosto, ponha as vestes que convém a um rei, e com a coroa de ouro eu lhe coroarei, e o cetro de pérola colocarei em tuas mãos. E quanto aos seus sonhos, não penses mais neles. O fardo deste mundo é grande demais para um único homem suportar, e a tristeza do mundo é pesada demais para um único coração sofrer.

— O senhor diz isso nesta casa? — disse o jovem rei, e passou pelo bispo, subiu os degraus do altar e parou diante da imagem de Cristo.

Ele estava diante da imagem de Cristo, e à sua direita e à sua esquerda estavam maravilhosos vasos de ouro, o cálice com o vinho amarelo e a taça com o óleo sagrado. Ele se ajoelhou diante da imagem de Cristo, e as grandes velas queimavam brilhantes perto do santuário enfeitado com joias, e a fumaça do incenso formava finas espirais azuis que subiam pela abóboda. Ele inclinou a cabeça em oração, e os sacerdotes em seus mantos rígidos se afastaram do altar.

De repente um tumulto violento veio da rua e entraram os nobres com espadas desembainhadas, plumas balançando e escudos de aço polido.

— Onde está o sonhador de sonhos? — gritaram. — Onde está o rei que se veste como um mendigo, o menino que envergonha nosso povo? Com certeza nós o mataremos, pois ele não é digno de nos governar.

O jovem Rei inclinou a cabeça novamente e rezou, e quando terminou sua oração levantou-se e virou-se olhando para eles com tristeza.

E imaginem só! Através das janelas pintadas entrou a luz do sol descendo sobre ele, e os raios do sol teceram em torno dele um manto que era mais bonito do que o manto que havia sido preparado para sua coroação. O cajado estéril floresceu e surgiram lírios mais brancos do que pérolas. Os espinhos secos desabrocharam e as rosas selvagens ficaram mais vermelhas que rubis. Mais brancos que pérolas refinadas eram os lírios, e suas hastes eram de prata reluzente. As rosas eram mais vermelhas que rubis e suas folhas eram de ouro.

Ele permaneceu em pé ali vestido como um rei, e os portões do santuário enfeitado com joias se abriram, e o cristal do ostensório[10] emitiu uma luz maravilhosa e mística. Ele permaneceu ali em pé, vestido em trajes de rei, e a Glória de Deus encheu o

---

10 Ostensório: é uma peça utilizada no rito católico cujo nome deriva da função de exibir a hóstia sagrada.

lugar, e os santos esculpidos em seus nichos pareciam se mover. Com as belas vestes de um rei, ele ficou diante deles, o órgão tocou sua música, os trompetistas tocaram suas trombetas e o coral de meninos cantou.

O povo caiu de joelhos em reverência, os nobres embainharam suas espadas e prestaram homenagem, o rosto do bispo empalideceu, suas mãos tremeram e ele exclamou:

— Alguém, muito maior do que eu, desceu aqui para lhe coroar — e ajoelhou-se diante do rei.

O jovem Rei desceu do altar e passou no meio do povo em direção à sua casa. Mas nenhum homem ousou olhar para seu rosto, pois era como o rosto de um anjo.

O ANIVERSÁRIO DA INFANTA

PARA
SRA. WILLIAM H. GRENFELL
DO TRIBUNAL DE TAPLOW
(*Lady Desborough*)

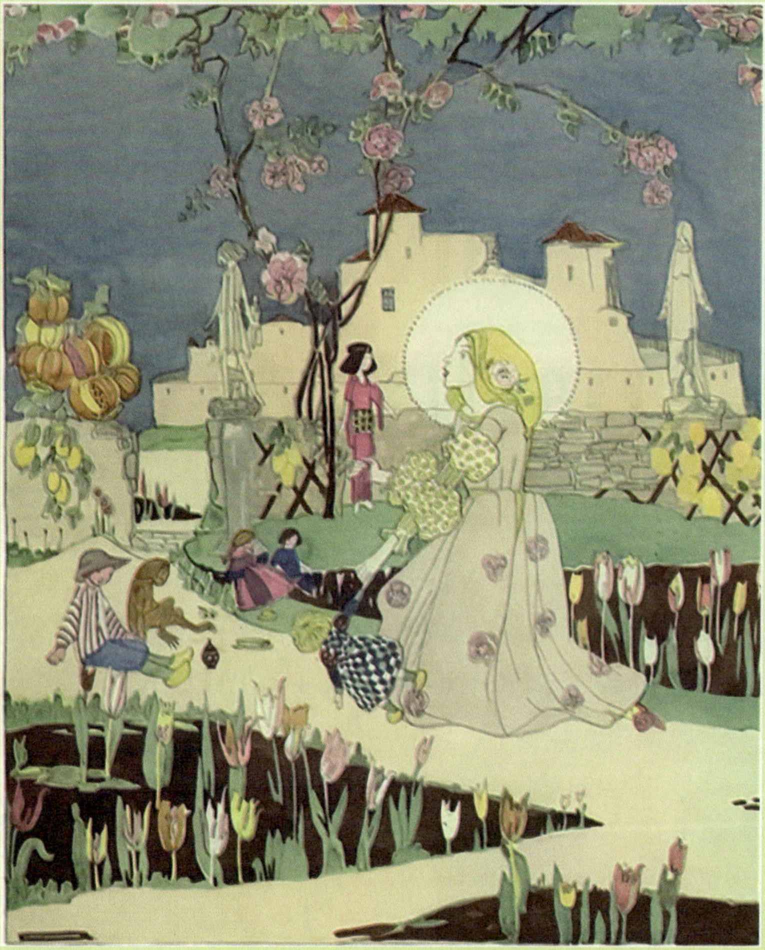

Era o aniversário da Infanta. Ela estava fazendo apenas doze anos de idade e naquele dia o sol brilhava nos jardins do palácio.

Embora ela fosse uma verdadeira princesa e a Infanta de Espanha, ela só fazia aniversário uma vez por ano, assim como os filhos de pessoas pobres, então era naturalmente de grande interesse para todo o país que ela tivesse um dia maravilhoso. E, com certeza, aquele dia foi maravilhoso. Altas tulipas raiadas se erguiam sobre seus caules, como longas fileiras de soldados, olhando desafiadoramente para as rosas do outro lado da grama e dizendo: — Somos tão esplêndidas quanto vocês no dia de hoje.

As borboletas púrpuras soltavam pó dourado de suas asas enquanto visitavam cada flor; as pequenas lagartixas rastejavam pelas fendas da parede e se deitavam sob o sol e as romãs se partiam e rachavam com o calor, mostrando seus corações vermelhos da cor do sangue. Até os pálidos limões amarelos, que estavam pendurados na treliça apodrecida e ao longo das arcadas escuras, pareciam ter adquirido uma cor mais rica com a maravilhosa luz do sol. As árvores de magnólias abriam seus grandes botões de flores de marfim arqueado, em formato de esferas, e enchiam o ar com um perfume doce e encorpado.

Enquanto isso, a própria princesinha andava de um lado para o outro no terraço com seus companheiros, brincando de esconde-esconde em volta dos vasos de pedra e das velhas estátuas cobertas de musgo. Em dias normais, ela só podia brincar com crianças de sua própria classe, então ela sempre tinha que brincar sozinha, mas seu aniversário era uma exceção, e o rei havia ordenado que ela convidasse qualquer um de seus jovens amigos de quem ela gostasse para que eles viessem e se divertissem juntos. Havia uma graça majestosa nessas crianças espanholas esbeltas enquanto deslizavam, os meninos com seus grandes chapéus de plumas e capas curtas esvoaçantes, as meninas segurando as caudas de seus longos vestidos de brocado e protegendo seus olhos do sol com enormes leques pretos e prata. Mas a Infanta era a mais graciosa de todas, e a mais bem vestida, segundo a moda um tanto desajeitada da época. Seu manto era de cetim cinza, a saia e as mangas largas bufantes repletas de bordados cor de prata, e o espartilho rígido cravejado de pérolas finas. Enquanto ela andava, dois minúsculos sapatinhos com grandes rosetas cor-de-rosa apareciam sob seu vestido. Rosa e pérola era seu grande leque de gaze, e em seus cabelos, que pareciam uma auréola de ouro claro, penteados para cima e duros em volta de seu rostinho pálido, havia uma linda rosa branca.

De uma janela do palácio, o triste e melancólico Rei os observava. Atrás dele estava seu irmão, Dom Pedro de Aragão, a quem ele odiava, e seu confessor, o Grande Inquisidor de Granada, estava sentado ao seu lado. O Rei estava mais triste do que de costume, pois ao olhar para a Infanta fazendo reverência diante dos cortesãos reunidos, com todo seu jeitinho infantil, ou rindo atrás do leque da sinistra Duquesa de Albuquerque que sempre a acompanhava, ele pensou na jovem rainha, mãe da menina, que pouco tempo antes — pelo menos assim lhe parecia — chegara do alegre país da França, e definhara no sombrio esplendor da corte espanhola, morrendo apenas seis meses após o nascimento de sua filha, e antes de ter visto as amendoeiras desabrocharem duas vezes no pomar, ou colher os frutos do segundo ano da velha figueira retorcida que ficava no centro do pátio agora coberto de grama. Tão grande tinha sido seu amor por ela que ele não permitiu nem mesmo que a sepultura a escondesse dele. Ela havia sido embalsamada por um médico mouro, que em troca do serviço havia recebido o direito de continuar vivo. Segundo diziam alguns homens, ele já havia perdido sua vida por heresia e a suspeita de práticas mágicas segundo a Inquisição. O corpo da Rainha ainda estava deitado em seu caixão coberto com tapetes na capela de mármore preto do Palácio, assim como os monges a levaram naquele dia de muito vento no mês de março, quase doze anos antes. Uma vez por mês o Rei, envolto em um manto escuro e com uma lanterna escondida entre as mãos, entrava e se ajoelhava ao lado dela gritando: — Mi reina! Mi reina![11] — e às vezes rompendo a etiqueta formal que na Espanha rege cada ação individual da vida e impõe limites até mesmo à tristeza de

---

11 Em espanhol quer dizer 'Minha rainha! Minha Rainha!'.

um rei, ele agarrava as mãos pálidas cobertas de joias em uma agonia selvagem de sofrimento e tentava acordar com seus beijos loucos o rosto frio e pintado.

Hoje ele parecia vê-la novamente, como a vira pela primeira vez no Castelo de Fontainebleau, quando tinha apenas quinze anos, e ela era ainda mais jovem. Tinham sido formalmente prometidos nessa ocasião pelo Núncio Papal na presença do Rei de França e de toda a Corte, e ele regressara a Escurial[12] trazendo consigo um pequeno cacho de cabelos louros e a memória de dois lábios da menina que se curvava para beijar sua mão enquanto ele entrava na carruagem. Mais tarde seguiu-se o casamento, realizado rapidamente em Burgos, pequena cidade fronteiriça entre os dois países, e a grande entrada pública em Madrid com a costumeira celebração da missa solene na Igreja de La Atocha, e uma outra solenidade habitual, o auto-de-fé, onde cerca de trezentos hereges, entre os quais muitos ingleses, foram entregues ao braço secular[13] para serem queimados.

Certamente ele a amara loucamente, e para a ruína, como muitos pensavam, de seu país, que na época estava em guerra com a Inglaterra pela posse do império do Novo Mundo. Ele sempre a queria por perto e não deixava que ela ficasse fora de sua vista; por ela, ele havia esquecido, ou parecia ter esquecido, todos os principais assuntos de Estado; e, com aquela terrível cegueira que a paixão traz sobre seus servos, ele não percebeu que as elaboradas cerimônias com as quais ele tentava agradá-la apenas agravavam a estranha doença da qual ela sofria. Quando ela morreu, ele ficou, por algum tempo, como alguém

---

12 Município da Espanha.
13 Braço secular: auxílio prestado pelo Estado à Igreja para execução de certas determinações desta. Concedido a pedido e muitas vezes imposto pelos príncipes à Igreja.

desprovido de razão. De fato, não há dúvida de que ele teria abdicado formalmente do trono e se retirado para o grande mosteiro trapista[14] de Granada, do qual já era o Pároco Titular, se não tivesse medo de deixar a pequena infanta à mercê do irmão, cuja crueldade, mesmo na Espanha, era notória. Muitos suspeitavam que ele havia causado a morte da rainha por meio de um par de luvas envenenadas que ele lhe dera por ocasião da visita dela em seu castelo em Aragão. Mesmo depois do término do período de três anos de luto oficial que ele havia proclamado em todos os seus domínios por decreto real, ele nunca permitia que seus ministros falassem sobre qualquer novo casamento, e quando o próprio Imperador lhe ofereceu em casamento a mão de sua adorável sobrinha, a Arquiduquesa da Boêmia, ele pediu aos embaixadores que dissessem a seu senhor que o rei da Espanha já estava casado com a Tristeza e que, embora ela fosse apenas uma noiva estéril, ele a amava mais do que a Beleza. Essa resposta custou à sua Coroa as ricas províncias da Holanda, que logo depois, por instigação do Imperador, se revoltaram contra o Rei sob a liderança de alguns fanáticos da Igreja Reformada.

Toda a sua vida conjugal, com as alegrias marcantes e ardentes, e a terrível agonia de seu súbito fim, pareciam voltar para ele hoje, enquanto observava a infanta brincando no terraço. Ela tinha toda a bela petulância da Rainha, a mesma maneira voluntariosa de balançar a cabeça, a mesma boca orgulhosa e bonita, o mesmo sorriso maravilhoso - *vrai sourire de France*[15], de fato - quando ela olhava de vez em quando para a janela, ou se espreguiçava, estendendo a mãozinha para os imponentes cavalheiros espanhóis beijarem. Mas o riso estridente das crianças machucava seus

---

14 Mosteiro Trapista: É uma congregação religiosa católica derivada da Ordem de Cister.
15 Em francês quer dizer: o legítimo sorriso da França.

ouvidos, e a luz brilhante e impiedosa do sol zombava de sua tristeza, e um odor repleto de especiarias estranhas, especiarias como as usadas pelos embalsamadores, parecia macular o ar claro da manhã, ou seria tudo imaginação? Ele enterrou o rosto nas mãos e, quando a infanta ergueu os olhos novamente, as cortinas estavam fechadas e o rei já havia se retirado.

Ela fez uma pequena *moue*[16] de decepção e deu de ombros. Certamente ele poderia ter ficado com ela no dia do seu aniversário. Que importavam os tolos assuntos de Estado? Ou será que ele tinha ido para aquela capela sombria, onde as velas ficavam sempre acesas e onde ela nunca tinha permissão para entrar? Que tolice da parte dele, não querer ficar em um lugar onde o sol brilhava tão forte e todos estavam tão felizes! Além disso, ele sentiria falta da simulação da tourada para a qual a trombeta já estava soando; isso sem falar no show de marionetes e outras coisas maravilhosas. Seu tio e o Grande Inquisidor eram muito mais sensatos. Eles tinham saído para o terraço e lhe feito bons elogios. Então ela sacudiu sua linda cabeça, e tomando Dom Pedro pela mão, desceu lentamente os degraus em direção a um longo pavilhão de seda púrpura que havia sido erguido na extremidade do jardim. As outras crianças a seguiram em estrita ordem de precedência, segundo a qual as que tinham os nomes mais longos tinham preferência.

****

Um desfile de jovens nobres, fantasticamente vestidos como toureiros, veio ao seu encontro, e o jovem Conde de Terra Nova, um rapaz maravilhosamente bonito de cerca de quatorze anos

---

16 Em francês quer dizer 'careta'.

de idade, descobrindo sua cabeça com toda graça de um fidalgo e grande nascido na Espanha, conduziu-a solenemente a uma pequena cadeira dourada de marfim que foi colocada em uma plataforma acima da arena. As crianças se agruparam em volta dela, agitando seus grandes leques e sussurrando umas para as outras, e Dom Pedro e o Grande Inquisidor ficaram rindo, na entrada. Até a Duquesa, a Camareira Mestra como era chamada, uma mulher esbelta e de feições duras, usando uma pomposa gola amarela, não parecia tão mal-humorada como de costume, e algo como um sorriso frio cruzou seu rosto enrugado e ela contraiu os lábios finos e sem sangue.

Certamente seria uma tourada magnífica, e muito mais bonita, pensou a infanta, do que a verdadeira tourada à qual ela tinha sido levada para assistir em Sevilha, por ocasião da visita do duque de Parma a seu pai. Alguns dos garotos saltitavam em cavalinhos de pau ricamente adornados, brandindo longos dardos com alegres fitas brilhantes presas a eles; outros vinham a pé agitando seus mantos escarlates diante do touro e saltando levemente sobre a barreira quando ele os atacava; e quanto ao próprio touro, ele parecia um touro vivo, embora fosse feito apenas de vime e couro esticado, e às vezes insistisse em correr pela arena com as patas traseiras, o que nenhum touro vivo jamais sonharia em fazer. Ele também estava fazendo um combate esplêndido, e as crianças ficavam tão animadas que se subiam nos bancos, agitando seus lenços de renda e gritavam: — Bravo toro! Bravo toro! — tão sensatamente como se fossem adultos. Finalmente, depois de um combate prolongado, durante o qual vários cavalos de pau foram chifrados, os cavaleiros desmontaram e então, o jovem Conde de Terra Nova pôs o touro de joelhos e, tendo obtido permissão da infanta para dar o *coup de grâce*[17], enfiou sua espada de madeira no pescoço do animal com tamanha violência que a cabeça caiu e revelou o rosto risonho do pequeno *Monsieur* de Lorraine, o filho do embaixador francês em Madri.

A arena foi então esvaziada entre muitos aplausos, e os cavalinhos de pau foram retirados solenemente por dois pajens mouros usando trajes amarelos e pretos. Após um breve intervalo, durante o qual um experiente equilibrista se exibiu na corda bamba, alguns bonecos italianos apresentaram a tragédia semiclássica de *Sofonisba*[18] no palco de um pequeno teatro construído especialmente para aquela data. Eles atuaram tão bem, e seus gestos eram tão naturais, que no final da peça os olhos da Infanta estavam bastante turvos de lágrimas. De fato, algumas das crianças choraram muito, e tiveram que ser consoladas com doces. O próprio Grande Inquisidor ficou tão emocionado que não pôde deixar de dizer a Dom Pedro que lhe parecia intolerável que coisas feitas simplesmente de madeira e cera colorida, e movimentadas mecanicamente por fios, deveriam ser tão infelizes e encontrar infortúnios tão terríveis.

Em seguida, veio a apresentação de um malabarista africano, que trouxe uma grande cesta plana coberta com um pano vermelho e, ao colocá-la no centro da arena, tirou de seu turbante uma curiosa flauta de bambu e soprou nela. Em poucos instantes o pano começou a se mover e, à medida que a flauta ficava cada vez mais estridente, duas cobras verdes e douradas estendiam suas estranhas cabeças triangulares e subiam lentamente, balançando para lá e para cá de acordo com o ritmo da música

---

17 Em francês: golpe de misericórdia.
18 Sofonisba Anguissola foi a primeira artista plástica a ser reconhecida internacionalmente.

como uma planta balança na água. No entanto, as crianças ficaram bastante assustadas com seus capuzes manchados e línguas rápidas, e gostaram muito mais quando o malabarista fez uma pequena laranjeira brotar da areia e dar lindas flores brancas e cachos de laranjas de verdade; e quando ele pegou o leque da filhinha do Marquês de Las Torres, e o transformou em um pássaro azul que voou ao redor do pavilhão cantando para o deleite e espanto sem limites de todos. O solene minueto, executado pelos meninos dançarinos da igreja de Nossa Senhora do Pilar, também foi encantador. A Infanta nunca tinha visto esta maravilhosa cerimônia que se realiza todos os anos, em maio, em frente ao altar da Virgem, e em homenagem a ela; e, de fato, ninguém da família real da Espanha havia entrado na grande catedral de Saragoça desde que um padre louco, supostamente pago por Elizabeth da Inglaterra, tentou administrar uma hóstia envenenada ao príncipe das Astúrias. Então, ela conhecia a "Dança de Nossa Senhora", como era chamada, somente de ouvir falar, e certamente era uma bela visão. Os meninos usavam vestidos da corte de modelos antigos feitos de veludo branco, e seus curiosos chapéus de três pontas tinham franjas cor de prata e estavam cobertos por enormes plumas de penas de avestruz. A brancura deslumbrante de seus trajes, enquanto se moviam ao sol, ficava ainda mais acentuada em contraste com seus rostos morenos e longos cabelos negros. Todos ficaram fascinados pela grave dignidade com que se moviam entre as intrincadas formas da dança, e pela elaborada graça de seus gestos lentos e imponentes reverências. Quando terminaram sua apresentação e tiraram seus grandes chapéus de plumas para a Infanta, ela retribuiu a reverência com muita cortesia e prometeu que enviaria uma grande vela de cera ao santuário de Nossa Senhora do Pilar em retribuição ao prazer que lhe havia concedido.

Uma tropa de belos egípcios, como os ciganos eram chamados naqueles dias, avançou em seguida até a arena e, sentando-se de pernas cruzadas, em círculo, começaram a tocar suavemente suas cítaras, movendo seus corpos de acordo com a melodia e cantarolando, bem baixinho, em tom sonhador. Quando avistaram D. Pedro, fizeram-lhe cara feia, e alguns deles pareciam estar aterrorizados, pois apenas algumas semanas antes ele mandara enforcar dois de sua tribo por feitiçaria no mercado de Sevilha, mas a bela Infanta os encantou enquanto se inclinava para trás espiando por cima do leque com seus grandes olhos azuis, e eles tinham certeza de que uma pessoa tão adorável como ela nunca poderia ser cruel com ninguém. Então eles continuaram tocaram muito suavemente apenas dedilhando as cordas das cítaras com suas longas unhas pontiagudas, e suas cabeças começaram a balançar como se estivessem adormecendo. De repente, com um grito tão estridente que todas as crianças se assustaram, a mão de D. Pedro agarrou o punho de ágata de seu punhal e eles se levantaram pulando e rodopiando loucamente em volta do recinto, batendo os pandeiros e entoando alguma canção de amor selvagem falando uma língua estranha e gutural. Então, mediante outro sinal, todos se jogaram de novo no chão e ficaram ali quietos, o dedilhar surdo das cítaras sendo o único som que quebrava o silêncio. Depois que fizeram isso várias vezes, eles desapareceram por um momento e voltaram trazendo um urso marrom peludo por uma corrente e carregando nos ombros alguns macacos da Barbaria. O urso erguia a cabeça com a maior gravidade, enquanto os macacos enrugados faziam todos os tipos de truques divertidos com os dois meninos ciganos que pareciam ser seus mestres. Os macaquinhos lutavam com espadas minúsculas, disparavam armas e faziam as movimentações normais de um soldado, como se fosse a própria guarda do rei. De fato, os ciganos foram um grande sucesso.

Mas a parte mais engraçada de toda a diversão da manhã foi sem dúvida a dança do pequeno anão. Quando ele entrou tropeçando na arena, gingando em suas pernas tortas e abanando sua enorme cabeça deformada de um lado para o outro, as crianças soltaram grandes gritos de alegria, e a própria Infanta ria tanto que a camareira foi obrigada a lembrá-la de que, embora houvesse muitos precedentes na Espanha para a filha de um rei chorar diante de seus iguais, não havia nenhum para uma princesa de sangue real que tivesse se divertido tanto diante daqueles que eram seus inferiores por nascimento. O Anão, no entanto, era realmente irresistível, e mesmo na Corte Espanhola, sempre conhecida por cultivar sua paixão pelo horrível, nunca tinham visto um monstrinho tão fantástico. Também era sua primeira aparição em público. Ele havia sido descoberto apenas no dia anterior, correndo selvagem pela floresta, por dois dos nobres que, por acaso, estavam caçando em uma parte remota do grande bosque que fica ao redor da vila, e decidiram levá-lo como uma surpresa para a Infanta. O pai dele, que era um pobre carvoeiro, ficou muito contente por se livrar de uma criança tão feia e inútil. Talvez o mais engraçado dele era a completa inconsciência de sua própria aparência grotesca. Na verdade, ele parecia muito feliz e cheio de bom humor. Quando as crianças riam, ele ria tão livremente e com tanta alegria quanto qualquer uma delas, e no final de cada dança ele fazia as mais engraçadas reverências diante de cada criança, sorrindo e acenando para elas como se ele fosse realmente igual a todos, e não uma criatura disforme que a Natureza, em algum momento cômico, tinha feito para os outros zombarem. Quanto à Infanta, ela o deixou absolutamente fascinado. Ele não conseguia tirar os olhos dela, e parecia dançar só para ela. No final da apresentação, ao lembrar como ela tinha visto as grandes damas da corte jogarem os buquês de flores para Caffarelli, o famoso soprano italiano, que o Papa enviara de sua própria capela a Madri para que ele curasse a melancolia do Rei com a doçura de sua voz, ela tirou de seus cabelos a bela rosa branca, e em parte por brincadeira e em parte para provocar a camareira, atirou-a para ele do outro lado da arena com seu sorriso mais doce. O anão levou o assunto muito a sério e ao pressionar a flor em seus lábios ásperos e grossos ele pôs a mão sobre o coração e ajoelhou-se diante dela, sorrindo de orelha a orelha, com seus olhinhos brilhando de prazer.

Isso perturbou de tal forma a seriedade da infanta que ela continuou rindo muito depois que o pequeno anão saiu correndo da arena, e expressou ao tio o desejo de que a dança fosse imediatamente repetida. A camareira, porém, alegando que o sol estava muito quente, decidiu que seria melhor que Sua Alteza voltasse sem demora ao Palácio, onde já havia sido preparado um banquete maravilhoso para ela, incluindo um verdadeiro bolo de aniversário com as iniciais de seu nome moldadas e pintadas com açúcar e uma linda bandeira prateada ondulando no topo. A infanta levantou-se com muita dignidade, e depois de dar ordens para que o pequeno anão dançasse novamente para ela depois da hora da sesta, agradeceu ao jovem Conde de Terra Nova por sua encantadora recepção e voltou para seus aposentos com as crianças seguindo na mesma ordem em que entraram.

****

Ora, quando o pequeno anão soube que ia dançar uma segunda vez diante da infanta, e por sua própria ordem expressa, ficou tão orgulhoso que correu para o jardim, beijando a rosa

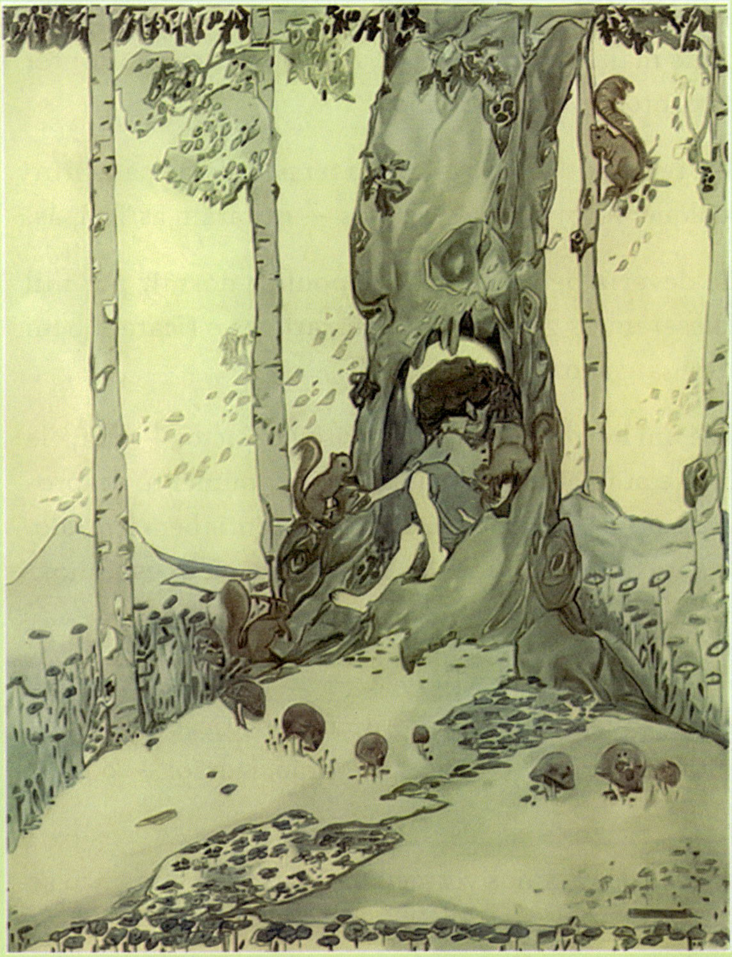

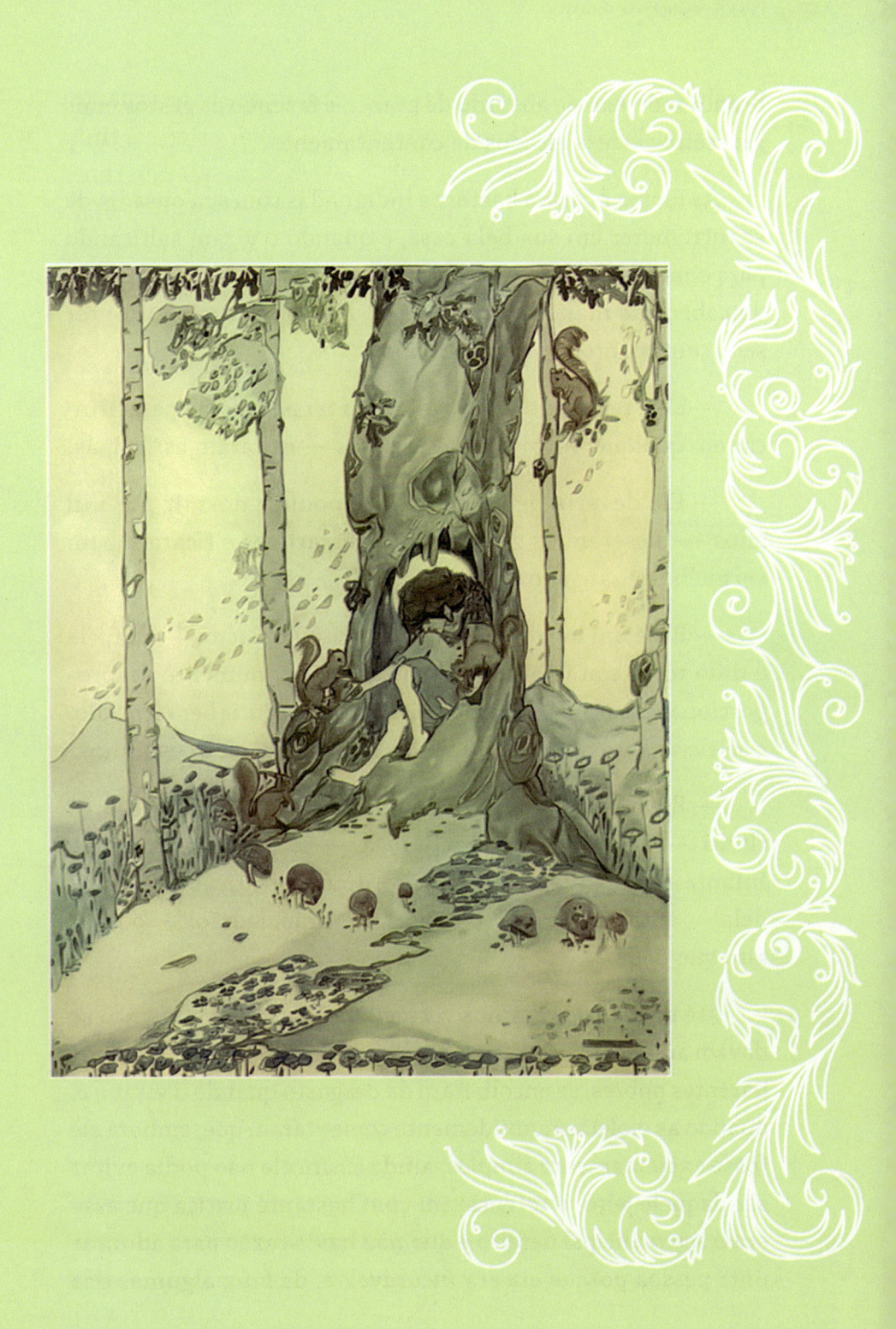

branca num êxtase absurdo de prazer, e fazendo os gestos mais grosseiros e desajeitados de contentamento.

As Flores ficaram bastante indignadas com sua ousadia de se intrometer em sua bela casa, e quando o viram saltitando para cima e para baixo nas calçadas e agitando os braços acima da cabeça de maneira tão ridícula, elas puderam não conter seus sentimentos por mais tempo.

— Ele é realmente muito feio para ter permissão para brincar em qualquer lugar onde estejamos — gritaram as Tulipas.

— Ele deveria beber suco de papoula e dormir por mil anos — disseram os grandes lírios escarlates e ficaram bem vermelhos e zangados.

— Ele é um horror perfeito! — gritou o Cacto. — Ora, ele é todo torto e atarracado, e sua cabeça é totalmente desproporcional às pernas. Realmente, ele me faz sentir bem irritado, e se ele se aproximar de mim vou picá-lo com meus espinhos.

— E ele realmente está com uma das minhas melhores flores — exclamou a Roseira Branca. — Eu mesmo a dei para a Infanta esta manhã, como presente de aniversário, e ele roubou dela — então ela gritou: — Ladrão, ladrão, ladrão! — o mais alto que pode.

Até mesmo os gerânios vermelhos, que geralmente não se davam ares de importância e eram conhecidos por terem muitos parentes pobres, se encolheram de desgosto quando o viram; e, quando as violetas humildemente comentaram que, embora ele fosse extremamente simples, ainda assim ele não podia evitar ser daquele jeito, e retrucaram com bastante justiça que esse era o seu principal defeito e que não havia razão para admirar uma pessoa porque ela era incurável; e, de fato, algumas das próprias Violetas sentiram que a feiura do pequeno anão era quase ostensiva, e que seria muito melhor para ele se parecesse triste, ou pelo menos pensativo, em vez de pular alegremente e mostrar atitudes tão grotescas e tolas.

Quanto ao velho Relógio de Sol, que era um indivíduo extremamente notável, e que certa vez havia contado a hora do dia para ninguém menos que o próprio imperador Carlos V, ele ficou tão surpreso com a aparência do pequeno anão que quase se esqueceu de marcar dois minutos inteiros com seu longo dedo de sombra, e não pôde deixar de dizer ao grande Pavão branco como leite, que estava tomando sol na balaustrada, que todos sabiam que os filhos dos reis eram reis, e que os filhos dos carvoeiros eram carvoeiros, e que era absurdo fingir que não era assim; uma declaração com a qual o Pavão concordou inteiramente, e de fato gritou: — Certamente, certamente — com uma voz tão alta e agressiva, que os peixinhos dourados que viviam no tanque da fonte de água fresca puseram a cabeça para fora da água e perguntaram aos enormes Tritões de pedra o que estava acontecendo.

Porém, de alguma forma os Pássaros gostavam dele. Eles o tinham visto muitas vezes na floresta, dançando como um elfo atrás das folhas em redemoinho, ou agachado no oco de algum velho carvalho, compartilhando suas nozes com os esquilos. Eles não se importavam que ele fosse feio, nem um pouco. Ora, mesmo o próprio rouxinol, que cantava tão docemente nos laranjais à noite, que às vezes até a Lua se inclinava para ouvi-lo, não era muito atraente de se olhar. Além disso, ele havia sido gentil com eles, e durante aquele inverno terrivelmente rigoroso, quando não havia frutos nas árvores, o chão estava duro como ferro e os lobos tinham descido até os portões da cidade para procurar comida, ele nunca os esqueceu, mas sempre lhes deu as migalhas de seu pequeno pedaço de pão preto, e dividia com eles qualquer escasso café da manhã que tomasse.

Assim, eles voaram em volta dele, apenas tocando seu rosto com as asas enquanto passavam, e tagarelavam entre si, e o pequeno Anão ficou tão satisfeito que não pôde deixar de mostrar-lhes a bela rosa branca e dizer-lhes que a própria Infanta lhe havia dado a flor porque o amava.

Eles não estavam entendendo uma única palavra do que ele dizia, mas isso não importava, pois eles viraram suas cabeças para um lado com um olhar de sabedoria, o que é tão bom quanto entender algo, e muito mais fácil.

As Lagartixas também gostavam muito dele, e quando ele se cansou de correr e se jogou na grama para descansar, eles brincavam e pulavam em cima dele, tentando diverti-lo da melhor maneira que podiam. — Ninguém pode ser tão bonito quanto uma lagartixa — elas gritavam — isso seria esperar demais. E, embora pareça absurdo dizer isso, ele não é realmente tão feio, desde que, é claro, você feche os olhos e não olhe para ele — As Lagartixas eram extremamente filosóficas por natureza, e muitas vezes ficavam sentadas pensando juntas por horas e horas, quando não havia mais nada para fazer, ou quando o tempo estava chuvoso demais para elas saírem.

As Flores, no entanto, estavam excessivamente aborrecidas com o comportamento das Lagartixas e dos Pássaros. — Isso só mostra — diziam elas — que efeito vulgarizador tem esse incessante correr e voar. Pessoas bem-educadas sempre ficam exatamente no mesmo lugar, como nós. Ninguém jamais nos viu pulando para cima e para baixo nas calçadas, ou correndo loucamente pela grama atrás de libélulas. Quando queremos mudar de ares, mandamos chamar o jardineiro e ele nos leva para outro canteiro. Isso é digno, e tudo deveria ser assim também. Mas pássaros e lagartixas não têm noção do que seja repouso e, de fato, os pássaros não têm nem mesmo um endereço permanente. Eles são meros vagabundos como os ciganos, e devem ser tratados exatamente da mesma maneira — Então elas empinaram seus narizes, parecendo muito altivas, e ficaram extremamente felizes quando depois de algum tempo viram o Anãozinho erguer-se da grama e atravessar o terraço para ir até o palácio.

— Ele certamente deve ser mantido dentro de casa pelo resto de sua vida — disseram elas. — Olhem só as costas corcundas e as pernas tortas — e começaram a rir.

Mas o pequeno Anão não sabia de tudo isso. Ele gostava imensamente dos pássaros e das lagartixas, e achava que as flores eram as coisas mais maravilhosas do mundo, exceto, é claro, a Infanta, pois ela havia dado a ele a linda rosa branca, e o amava, e isso fazia uma grande diferença. Como ele gostaria de estar com ela novamente! Ela o colocaria em sua mão direita, sorriria para ele, e ele nunca sairia de seu lado, mas faria dela sua companheira de brincadeiras, ensinando-lhe todos os tipos de truques deliciosos. Pois embora ele nunca tivesse estado em um palácio antes, sabia muitas coisas maravilhosas. Ele sabia como fazer pequenas gaiolas de juncos para os gafanhotos cantarem lá dentro, e moldar a longa flauta de bambu articulado que Pã adorava ouvir. Ele conhecia o canto de cada pássaro e podia chamar os estorninhos do topo das árvores ou a garça do lago. Conhecia o rastro de cada animal e podia encontrar a lebre por suas pegadas delicadas, e o javali pelas folhas pisoteadas. Também conhecia todas as danças selvagens, a dança louca em roupas vermelhas no outono, a dança leve em sandálias azuis sobre o milho, a dança com guirlandas de neve branca no inverno e a dança das flores pelos pomares na primavera. Ele sabia onde os pombos-do-mato construíam seus ninhos e, uma vez, quando um caçador capturou os pais dos pássaros, ele mesmo criou os filhotes e construiu um pombal para eles na fenda de um olmo. Eles eram bastante mansos e costumavam se alimentar nas mãos do Anão todas as manhãs. Ela gostaria deles, e dos coelhos que corriam na longa samambaia, dos gaios com suas penas de aço e bicos pretos, dos ouriços que podiam se enrolar formando bolas de espinhos, e das grandes tartarugas sábias que rastejavam lentamente, sacudindo suas cabeças e mordiscando as folhas jovens. Sim, ela com certeza viria para a floresta brincar com ele. Ele daria sua própria cama para ela e ficaria espiando pela janela até o amanhecer, para que o gado selvagem com chifres não chegasse perto para machucá-la, nem os lobos magros se aproximassem demais da cabana. E ao amanhecer ele bateria nas venezianas para acordá-la e eles sairiam para dançar juntos o dia inteiro. Realmente a floresta era bem animada. Às vezes um bispo passava cavalgando em sua mula branca, lendo um livro ilustrado. Às vezes, com seus gorros de veludo verde e seus coletes marrons de pele de cervo, passavam os falcoeiros, com os gaviões encapuzados equilibrados em seus pulsos. Na época da vindima, vinham os pisadores de uvas, com mãos e pés roxos, cobertos de hera brilhante e carregando odres gotejando vinho; e os carvoeiros sentavam-se ao redor de seus enormes braseiros à noite, observando as toras secas torrando lentamente no fogo, e assando castanhas nas cinzas, e os ladrões saíam de suas cavernas e se divertiam com eles. Uma vez, também, ele tinha visto uma bela procissão serpenteando pela longa estrada poeirenta até Toledo. Os monges caminhavam na frente cantando docemente, e carregando bandeiras brilhantes e cruzes de ouro, e então, em armaduras de prata, com mosquetes e lanças, vinham os soldados, e no meio deles caminhavam três homens descalços, em estranhos vestidos amarelos pintados com figuras maravilhosas e carregando velas acesas nas mãos. Certamente havia muita coisa para se ver na floresta, e quando ela estivesse cansada ele encontraria um banco macio de musgo para ela, ou a carregaria em seus braços, pois ele era muito forte, embora soubesse que não era alto. Ele faria para ela um colar de sementes vermelhas de briônia, que seriam tão bonitas quanto as sementes brancas que ela usava no vestido, e quando ela se cansasse delas, poderia jogá-las fora, e ele encontraria outras. Ele traria copos de boletas, anêmonas molhadas de orvalho e minúsculos vaga-lumes para servirem de estrelas no ouro pálido de seu cabelo.

Mas onde ela estava? Ele perguntou à rosa branca, e ela não respondeu. Todo o palácio parecia adormecido, e mesmo onde as venezianas não estavam fechadas, pesadas cortinas haviam sido puxadas nas janelas para impedir a entrada da luz. Ele vagou por toda parte procurando algum lugar por onde pudesse entrar e, por fim, avistou uma pequena porta privada que estava aberta. Ele entrou de mansinho e se viu em um salão esplêndido, muito mais esplêndido, ele temia, mais do que a floresta, havia ali muito mais dourado por toda parte, e até o chão era feito de grandes pedras coloridas, encaixadas em uma espécie de padrão geométrico. Mas a pequena Infanta não estava lá, apenas algumas estátuas brancas maravilhosas que olhavam para ele de seus pedestais de jaspe, com olhos tristes e vazios e lábios estranhamente sorridentes.

No final do corredor pendia uma cortina de veludo preto ricamente bordada, salpicada de sóis e estrelas, as figuras favoritas do rei, bordadas na cor que ele mais amava. Quem sabe ela estivesse se escondendo atrás dela? Ele tentaria olhar de qualquer forma.

Então ele se esgueirou silenciosamente, e puxou-o para o lado. Nada, havia apenas outra sala, ainda mais bonita, pensou ele, do que a que acabara de ver. Nas paredes estavam penduradas tapeçarias vindas de Arrás, com vários desenhos em verde, bordados com agulha, representando uma caçada, obra de alguns artistas flamencos que passaram mais de sete anos em sua composição. Essa sala já tinha sido o quarto de Jean le Fou, como era chamado, aquele rei louco que era tão apaixonado pela caça, que muitas vezes tentava, em seu delírio, montar nos enormes cavalos empinados e arrastar o cervo sobre o qual os grandes cães saltavam, tocando sua trompa de caça e esfaqueando com sua adaga o cervo pálido no ar. Agora era usado como sala do conselho, e na mesa central estavam as pastas vermelhas dos ministros, estampadas com as tulipas douradas da Espanha e com as armas e emblemas da casa de Habsburgo.

O pequeno Anão olhou maravilhado ao seu redor e teve um pouco de medo de continuar. Os estranhos cavaleiros silenciosos que galopavam tão velozmente pelas longas clareiras sem fazer barulho, pareciam-lhe aqueles terríveis fantasmas sobre quem ouvira os carvoeiros falarem, os Comprachos, que só caçam à noite, e se encontram um homem, transformam-no em cervo e o perseguem. Mas pensou na bela Infanta e tomou coragem. Queria encontrá-la sozinha e dizer-lhe que também a amava. Talvez ela estivesse na sala do outro lado.

Ele correu pelos macios tapetes mouros e abriu a porta. Não! Ela também não estava aqui. A sala estava totalmente vazia.

Era a sala do trono, usada para receber embaixadores estrangeiros, quando o rei consentia em dar-lhes uma audiência pessoal, o que ultimamente não era frequente; a mesma sala em que, muitos anos antes, os representantes da Inglaterra haviam

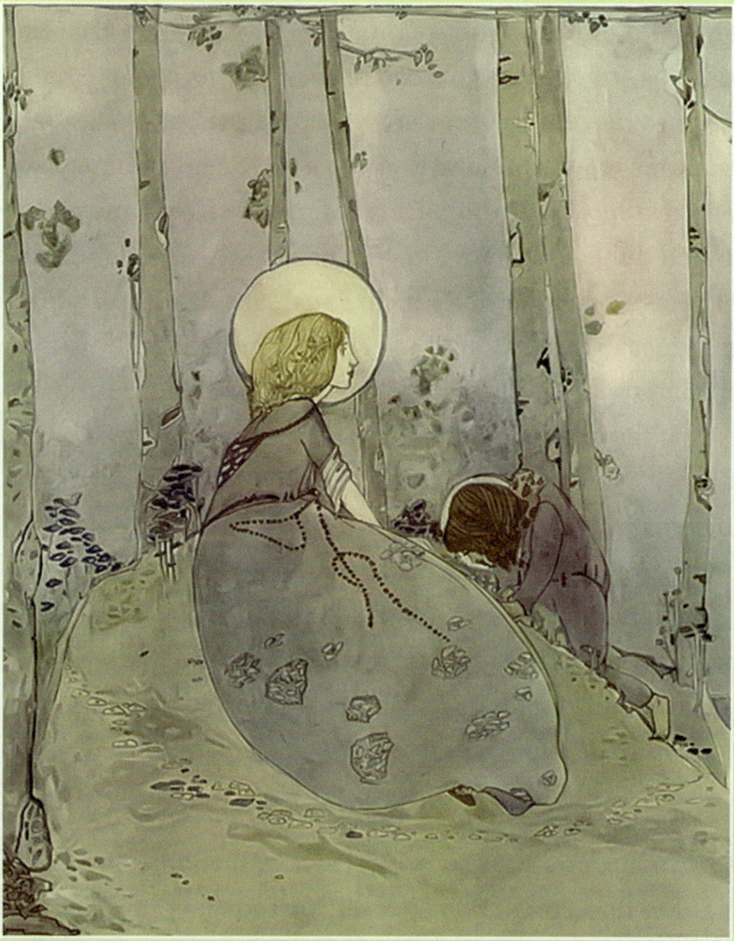

usado para fazer arranjos para o casamento de sua rainha, que era uma das soberanas católicas da Europa, com o filho mais velho do imperador. As cortinas eram de couro dourado de Córdoba e um pesado lustre com braços para trezentas velas de cera pendia do teto preto e branco. Debaixo de um grande dossel de tecido dourado, no qual os leões e torres de Castela eram bordados em pérolas, ficava o próprio trono, coberto com um rico manto de veludo preto cravejado de tulipas prateadas com elaboradas franjas de prata e pérolas. No segundo degrau do trono ficava o banquinho para a Infanta se ajoelhar, com a sua almofada de tecido prateado, e mais abaixo, fora do limite do dossel, ficava a cadeira do Núncio Papal, que era o único que tinha a permissão de ficar sentado na presença do rei durante qualquer cerimonial público, e cujo chapéu de cardeal, com suas borlas escarlates entrelaçadas, ficava em uma banqueta roxa bem na frente. Na parede, de frente para o trono, estava pendurado um retrato em tamanho natural de Carlos V, em traje de caça, com um grande mastim ao seu lado; e um retrato de Filipe II recebendo a homenagem dos Países Baixos ocupava o centro da outra parede. Entre as janelas havia um armário de ébano preto, ornamentado com pratos de marfim, nos quais as figuras da *Dança da Morte*, de Holbein, haviam sido gravadas pela mão, diziam alguns, do próprio mestre famoso.

Mas o Anãozinho não se importava com toda essa magnificência. Ele não trocaria sua rosa por todas as pérolas do dossel, nem uma pétala branca de sua rosa pelo próprio trono. O que ele queria era ver era a Infanta antes que ela descesse ao pavilhão e convidá-la para ir embora junto com ele quando terminasse sua dança. Aqui, no Palácio, o ar estava fechado e pesado, mas na floresta o vento soprava livre, e a luz do sol com mãos errantes de ouro afastava as folhas trêmulas. Também havia flores na floresta, não tão esplêndidas, talvez, como as flores do jardim, mas com um perfume mais doce; jacintos no início da primavera que inundavam de ondas púrpuras os vales frescos e as colinas gramadas; prímulas amarelas que se aninhavam em pequenos tufos ao redor das raízes retorcidas dos carvalhos; havia também celidônias brilhantes, verônicas azuis e lírios lilases e dourados. Havia amentilhos acinzentados nas aveleiras, e as dedaleiras caíam com o peso de seus alvéolos procurados pelas abelhas. A castanheira tinha seus espirais cheios de estrelas brancas, e o espinheiro mostrava suas pálidas luas de beleza. Sim: certamente ela viria se ele pudesse encontrá-la! Ela iria com ele para a bela floresta, e durante todo o dia ele dançaria para fazê-la feliz. Um sorriso iluminou seus olhos com esse pensamento, e ele passou para a sala ao lado.

De todos os quartos, este era o mais claro e o mais bonito. As paredes eram cobertas com flores cor-de-rosa do damasco de Lucca, desenhadas com pássaros e pontilhadas com delicadas flores de prata; a mobília era de prata maciça, enfeitada com guirlandas de flores e Cupidos dançantes; na frente das duas grandes lareiras havia grandes telas bordadas com papagaios e pavões, e o chão, que era de ônix verde-mar, parecia estender-se ao longe. Porém, ele não estava sozinho. De pé sob a sombra da porta, na outra extremidade da sala, ele viu uma pequena figura observando-o. Seu coração estremeceu, um grito de alegria escapou de seus lábios e ele saiu para a luz do sol. Ao fazê-lo, a figura também se moveu, e ele a viu claramente.

Seria a Infanta?! Não, era um monstro, o monstro mais grotesco que ele já tinha visto. Não tinha uma forma adequada, como todas as outras pessoas, era corcunda e de membros tortos, com uma enorme cabeça pendendo e uma juba de cabelo preto. O Anãozinho franziu a testa e o monstro franziu a testa também. Ele riu, e a figura riu com ele e estendeu as mãos para os lados, exatamente como ele próprio estava fazendo. Ele curvou-se de modo zombeteiro, e a ela também abaixou para fazer reverência. Ele foi em direção a ela, e ela veio ao seu encontro, copiando cada passo que dava, e parando quando ele parava. Ele gritou com divertimento, correu para frente e estendeu a mão, e a mão do monstro tocou a sua, e era fria como gelo. Ele ficou com medo e moveu sua mão, e a mão do monstro o seguiu rapidamente. Ele tentou continuar, mas algo suave e duro o deteve. O rosto do monstro estava agora perto do seu e parecia cheio de terror. Ele tirou o cabelo dos olhos. A figura o imitou. Ele a golpeava, e ela retornava golpe por golpe. Ele ficou com raiva e a figura fez caras horríveis para ele. Ele recuou, e ela também se retirou.

O que é isso? Ele pensou por um momento e olhou em volta para o resto da sala. Era estranho, mas tudo parecia estar duplicado nessa parede invisível de água límpida. Sim, quadro por quadro e sofá por sofá, estavam todos repetidos. O Fauno adormecido deitado na alcova junto à porta tinha seu irmão gêmeo que dormia, e a Vênus de prata que estava à luz do sol estendia os braços para uma Vênus tão adorável quanto ela.

Seria o Eco? Ele o chamara uma vez no vale, e ele lhe respondera palavra por palavra. Ele poderia imitar o olhar como imitava a voz? Poderia fazer um mundo de imitação como o mundo real? As sombras das coisas poderiam ter cor, vida e movimento? Seria possível que...?

Ele se assustou e, tirando do peito a bela rosa branca, virou-se e beijou-a. O monstro tinha uma rosa também, pétala por pétala, igualzinha a dele! Beijou-a da mesma maneira que ele e apertou-a contra o coração com gestos horríveis.

Quando a verdade lhe ocorreu, ele deu um grito selvagem de desespero e caiu no chão, soluçando. Então era ele o deformado e corcunda, feio e grotesco de se ver. Ele próprio era o monstro, e era dele que todas as crianças estavam rindo, e a princesinha que ele achava que o amava, ela também estava apenas zombando de sua feiura e se divertindo com seus membros tortos. Por que não o deixaram na floresta, onde não havia espelho para lhe dizer o quão repugnante ele era? Por que seu pai não o matara, em vez de vendê-lo para sua vergonha? As lágrimas quentes escorreram em seu rosto, e ele partiu a rosa branca em pedaços. O monstro estatelado fez o mesmo, e espalhou as pétalas murchas no ar. Ele rastejou pelo chão e, quando olhou para si mesmo, seu reflexo o observou com um rosto cheio de dor. Ele se afastou, para não ver, e cobriu os olhos com as mãos. Então, saiu rastejando para a sombra, como uma coisa ferida, e ficou lá gemendo.

E nesse momento a própria Infanta entrou com seus companheiros pela janela aberta, e quando viram o Anão feioso deitado, batendo no chão com as mãos cerradas, da forma mais fantástica e exagerada possível, começaram a rir bem alto e ficaram em pé em volta dele, o observando.

— A dança dele era engraçada — disse a Infanta — mas sua atuação é ainda mais. Na verdade, ele é quase tão bom quanto as marionetes, só que não tão natural — E ela balançou seu grande leque e aplaudiu.

Mas o Anãozinho não olhou para cima e seus soluços foram ficando cada vez mais fracos, e de repente ele deu um suspiro estranho e apertou um dos lados do seu corpo. Em seguida, caiu para trás novamente e ficou imóvel.

— Sua apresentação é excelente — disse a Infanta, depois de uma pausa —, mas agora você deve dançar para mim.

— Sim — gritaram todas as crianças —, você deve se levantar e dançar porque você é tão esperto quanto os macacos da Barbaria, e muito mais ridículo — mas o Anãozinho não respondeu.

A infanta bateu o pé e chamou o tio, que passeava no terraço com o camareiro, lendo alguns despachos que acabavam de chegar do México, onde o Santo Ofício havia sido estabelecido recentemente.

— Meu Anão engraçado está amuado — ela reclamou —, o senhor precisa acordá-lo e pedir que ele dance para mim.

Eles sorriram um para o outro e entraram. Dom Pedro abaixou-se e deu um tapa na bochecha do anão com sua luva bordada e disse:

— Você deve dançar, *petit monsire*[19]. Você deve dançar. A Infanta da Espanha e das Índias deseja se divertir.

Mas o Anãozinho nem se mexeu.

— Mandem chamar o mestre dos açoitamentos — disse Dom Pedro, cansado, e voltou para o terraço. Mas o camareiro parecia sério, ajoelhou-se ao lado do Anãozinho e pôs a mão no coração. Depois de alguns momentos ele encolheu os ombros, levantou-se e curvando-se perante a Infanta, ele disse:

— *Mi bella* Princesa, seu Anão engraçado nunca mais vai dançar. É uma pena, pois ele é tão feio que poderia ter feito o Rei sorrir.

---

19 Em francês: monstrinho.

— Mas por que ele não vai dançar de novo? — perguntou ela, rindo.

— Porque o coração dele partiu — respondeu o camareiro.

A infanta franziu a testa e seus delicados lábios cor-de-rosa se dobraram em belo desdém. — No futuro, que aqueles que vierem brincar comigo não tenham coração — ela exclamou e saiu correndo para o jardim.

O PESCADOR
E SUA ALMA

PARA H. S. H. ALICE
(*Princesa de Mônaco*)

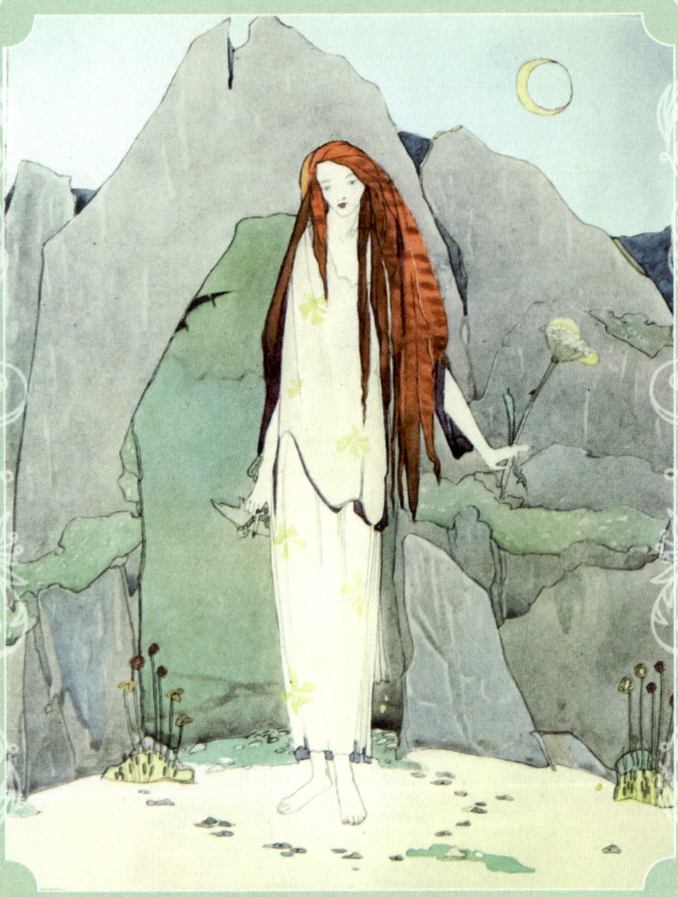

OSCAR WILDE
PARA JOVENS LEITORES

T odos os fins de tarde o jovem Pescador saía para o mar e jogava suas redes na água.

Quando o vento soprava da terra, ele não apanhava nada, ou muito pouco, na melhor das hipóteses, pois era um vento intenso, de asas negras, que levantava ondas violentas. Porém, quando o vento soprava para a praia, os peixes vinham do fundo e nadavam diretamente para as redes, então ele os levava para o mercado e os vendia.

Todos os dias ao entardecer ele saía para o mar, e uma tarde a rede estava tão pesada que ele mal podia puxá-la para dentro do barco. Ele riu e disse para si mesmo: — Com certeza peguei todos os peixes do mar, ou capturei algum monstro estúpido que vai deixar as pessoas maravilhadas, ou algo de horror que a grande

Rainha desejará — e aplicando toda sua força, ele puxou as cordas grossas até que, como linhas de esmalte azul em torno de um vaso de bronze, as longas veias se ergueram em seus braços. Ele puxou as cordas finas, o círculo de cortiças finas foi chegando cada vez mais perto e a rede finalmente subiu até ficar em cima da água.

Mas não havia nenhum peixe nela, nem qualquer monstro ou coisa de horror, apenas uma pequena sereia deitada e profundamente adormecida.

Seu cabelo era como uma lã de ouro molhada, e cada fio de cabelo separado era como um fio de ouro fino em um copo de cristal. Seu corpo era como marfim branco, e sua cauda era de prata e pérola. De prata e pérola era sua cauda, e as ervas verdes do mar se enrolavam em volta dela; suas orelhas eram como conchas do mar, e seus lábios eram como corais. As ondas frias batiam em seus seios gélidos, e o sal brilhava sobre suas pálpebras.

Ela era tão bonita que, quando o jovem Pescador a viu, ficou maravilhado, estendeu a mão e puxou a rede para perto de si, e, inclinando-se para o lado, a apertou em seus braços. Quando ele a tocou, ela acordou e soltou um grito como uma gaivota assustada, olhou para ele aterrorizada, com seus olhos cor de ametista e se debateu para escapar. Mas ele a abraçou com força e não a deixou partir.

Quando ela percebeu que não conseguiria escapar dele de maneira alguma, começou a chorar e disse: — Eu imploro que me deixe ir, pois sou a única filha de um Rei, e meu pai é idoso e está sozinho.

Mas o jovem Pescador respondeu: — Não vou deixar você partir, a menos que me faça uma promessa de que sempre que eu lhe chamar, você virá e cantará para mim, para que os peixes se deleitem em ouvir a música do Povo do mar, e assim minhas redes estarão sempre cheias.

— Você realmente me deixará partir, se eu lhe prometer isso? — indagou a Sereia.

— Eu realmente deixarei você partir — disse o jovem Pescador.

Então ela lhe fez a promessa que ele desejava, e jurou com o juramento do Povo do mar. Em seguida, ele soltou os braços dela, e ela mergulhou na água, tremendo com um medo estranho.

****

Todo entardecer o jovem Pescador saía para o mar e chamava a Sereia, e ela aparecia na superfície da água e cantava para ele. Em volta dela nadavam os golfinhos, e as gaivotas selvagens giravam acima de sua cabeça.

Ela cantava uma música maravilhosa sobre o povo do mar que conduzia seus rebanhos de caverna em caverna e carregava os bezerros em seus ombros; cantava sobre os tritões com longas barbas verdes e peitos peludos, que sopravam em conchas retorcidas quando o Rei passava; cantava sobre o palácio do Rei que era todo feito de âmbar, com teto de esmeraldas claras e calçada de pérolas brilhantes. Cantava também sobre os jardins do mar onde os grandes leques de corais filigranados formavam ondas o dia inteiro, sobre os peixes que voavam como pássaros prateados, as anêmonas que se agarravam às rochas, e os cravos que brotavam na areia amarela e estriada.

Ela cantava sobre as grandes baleias que descem dos mares do norte e têm pingentes de gelo afiados pendurados em suas barbatanas; sobre as sereias que contam coisas tão maravilhosas que os mercadores têm que tampar seus ouvidos com cera para que não os ouçam, saltem na água e se afoguem; sobre galeras afundadas com seus mastros altos, e os marinheiros congelados agarrados ao cordame, e sobre as cavalas nadando para entrar e sair pelas portinholas abertas; sobre pequenas cracas que são grandes viajantes porque se agarram às quilhas dos navios e dão voltas e mais voltas ao redor do mundo; e também sobre as lulas que vivem nas encostas dos rochedos e estendem seus longos braços negros, com o poder de fazer a noite chegar quando quiserem. Ela cantava sobre o náutilo que tem um barco próprio esculpido em uma opala e dirigido por uma vela de seda; cantava sobre os felizes tritões que tocam harpas e podem encantar o grande Kraken e colocá-lo para dormir. Suas canções falavam de criancinhas que agarram as toninhas escorregadias e montam rindo em suas costas, das Sereias que se deitam na espuma branca e estendem os braços aos marinheiros, dos leões-marinhos com suas presas curvas e dos cavalos-marinhos com suas crinas flutuantes.

Enquanto ela cantava, todos os atuns vinham do fundo para ouvi-la, e o jovem Pescador jogava suas redes em volta deles e os capturava, e outros ele pegava com um arpão. E quando seu barco estava bem carregado, a Sereia mergulhava de volta para o fundo do mar, sorrindo para ele.

No entanto, ela nunca chegava perto dele para que ele pudesse tocá-la. Muitas vezes ele a chamava e implorava, mas ela não queria; e quando ele tentava agarrá-la, ela mergulhava na água como uma foca, e ele não a via de novo naquele dia.

E a cada dia o som de sua voz se tornava mais doce aos ouvidos dele. Tão doce era a voz dela que ele esqueceu suas redes e sua astúcia, e não se importou mais com seu ofício. De barbatanas avermelhadas e com olhos dourados salientes, os atuns passavam em cardumes, mas ele não lhes dava atenção. O arpão ficava ao seu lado, inutilizado, e seus cestos de vime trançado estavam vazios. Com os lábios entreabertos e os olhos turvos de admiração, sentava-se ocioso em seu barco e escutava, escutava até que as brumas do mar o envolvessem e a lua errante manchasse de prata seus braços bronzeados.

Uma noite ele a chamou e disse: — Pequena Sereia, pequena Sereia, eu te amo. Tome-me por seu noivo, porque eu te amo.

Mas a Sereia balançou a cabeça e respondeu: — Você tem uma alma humana. Se ao menos você mandasse embora sua alma, então eu poderia amá-lo.

E o jovem Pescador disse a si mesmo: — De que me serve a minha alma? Eu não consigo vê-la. Não posso tocá-la. Não a conheço. Certamente se eu a mandar para bem longe de mim, ficarei muito feliz — Então ele deu um grito de alegria e de pé no barco pintado estendeu seus braços para a sereia e disse:

— Mandarei minha alma embora e você será minha noiva, e eu serei seu noivo, e nas profundezas do mar viveremos juntos, e tudo o que você cantou, me mostrará, e tudo o que desejares farei, e nossas vidas nunca serão separadas.

A pequena Sereia riu de prazer e escondeu o rosto entre as mãos.

— Mas como mandarei minha alma para longe de mim?

— exclamou o jovem Pescador. — Diga-me como posso fazer isso, e eu o farei.

— Ora! Isso eu não sei — respondeu a pequena Sereia. — o povo do mar não tem alma — E olhando para ele com melancolia, ela mergulhou nas profundezas.

****

Bem cedo na manhã seguinte, antes que o sol estivesse a um palmo da colina, o jovem Pescador foi à casa do Padre e bateu três vezes na porta. O noviço olhou pelo postigo e, quando viu quem era, puxou o trinco e disse:

— Entre.

O jovem Pescador entrou, ajoelhou-se no chão de juncos perfumados e disse ao Padre, que estava lendo o Livro Sagrado: — Padre, estou apaixonado por alguém do povo do mar e minha alma me impede de realizar meu desejo. Diga-me como posso mandar minha alma para longe de mim, pois na verdade não preciso dela. Para o que serve a minha alma? Não consigo vê-la. Não posso tocá-la. Não a conheço.

E o Sacerdote bateu no peito e respondeu: — Meu Deus do Céu, você está louco, ou comeu alguma erva venenosa, pois a alma é a parte mais nobre do homem, e nos foi dada por Deus para que a usemos nobremente. Não há nada mais precioso do que uma alma humana, nem qualquer coisa terrena que possa ser comparada com ela. Vale todo o ouro que há no mundo, e é mais precioso que os rubis dos reis. Portanto, meu filho, não pense mais neste assunto, pois é um pecado que não pode ser perdoado. E quanto ao Povo do Mar, eles estão perdidos, e aqueles que andam com eles também estão perdidos. Eles são como os animais do campo que não distinguem o bem do mal, e o Senhor não morreu por eles.

Os olhos do jovem Pescador encheram-se de lágrimas ao ouvir as palavras amargas do Sacerdote. Então, levantou-se e disse-lhe: — Padre, os faunos vivem na floresta e são felizes, e os tritões sentam-se nas rochas com suas harpas de ouro vermelho para tocá-las. Deixe-me ser como eles são, eu suplico, pois seus dias são como os dias das flores. E quanto à minha alma, que proveito tiro dela se ela está entre mim e o amor da minha vida?

— O amor do corpo é vil — exclamou o Sacerdote, franzindo as sobrancelhas —, e vis e perversas são as coisas pagãs que Deus permite vagar por Seu mundo. Malditos sejam os faunos da floresta, e malditos sejam os cantores do mar! Eu os ouço à noite e eles tentam tirar a concentração das minhas orações. Eles batem na janela e riem. Sussurram em meus ouvidos a história de suas alegrias perigosas. Eles me provocam com tentações, e quando eu oro eles fazem caretas para mim. Estão perdidos, eu lhe digo, estão perdidos. Para eles não há céu nem inferno, e em nada eles exaltam o nome de Deus.

— Padre — exclamou o jovem Pescador —, o senhor não sabe o que está dizendo. Uma vez eu capturei a filha de um rei na minha rede. Ela é mais bela que a estrela da manhã e mais branca que a lua. Por seu corpo eu daria minha alma, e por seu amor eu entregaria o céu. Diga-me o que lhe peço e deixe-me ir em paz.

— Vá embora! Vá embora! — gritou o Sacerdote. — Sua amante está perdida e você estará perdido com ela.

Ele não lhe deu nenhuma bênção, e ainda o expulsou pela porta.

O jovem Pescador desceu à praça do mercado caminhando lentamente e com a cabeça baixa, como quem está muito triste.

Quando os mercadores o viram chegando, começaram a cochichar entre si, e um deles veio ao seu encontro, chamou-o pelo nome e perguntou: — O que você tem para vender?

— Posso lhe vender a minha alma — respondeu ele. — Peço que a compre de mim, pois estou cansado dela. De que me serve a minha alma? Não consigo vê-la. Não posso tocá-la. Não a conheço.

Mas os mercadores zombaram dele e disseram: — Para que serve a alma de um homem para nós? Não vale nem uma moeda de prata. Você pode nos vender o seu corpo como escravo, e nós o vestiremos de púrpura, colocaremos um anel em seu dedo, e faremos de você o servo da grande Rainha. Mas não fale da alma, pois para nós não é nada, nem tem valor para o nosso serviço.

E o jovem Pescador disse a si mesmo: — Que coisa estranha! O Padre me disse que a alma vale todo o ouro do mundo, e os mercadores dizem que não vale nem uma moeda de prata.

Ele saiu do mercado, desceu para a praia e começou a pensar sobre o que deveria fazer.

****

À tarde ele se lembrou de como um de seus companheiros, que era colhedor de aspargos do mar, lhe contou sobre uma certa jovem feiticeira que morava em uma caverna no alto da baía e era muito hábil em suas feitiçarias. Ele começou a correr pois estava muito ansioso para se livrar de sua alma e uma nuvem de poeira o seguiu enquanto ele corria pela areia da praia. Pela coceira da palma de sua mão a jovem Feiticeira sabia que ele estava vindo, então ela riu e soltou seus cabelos ruivos. Com seus cabelos ruivos a envolvendo, ela ficou na abertura da caverna com um ramo de flores de cicuta selvagem em sua mão.

— O que você precisa? O que você precisa? — gritou ela, enquanto ele subia a ladeira ofegante e se curvava diante dela. — Peixes para sua rede, quando o vento está muito forte? Tenho uma flauta de junco e quando eu a toco as tainhas vêm nadando até a baía. Mas isso tem um preço, menino bonito, tem um preço. O que você precisa? O que você precisa? Uma tempestade para destruir os navios e levar os baús com ricos tesouros para a praia? Tenho mais tempestades do que o vento, pois sirvo a quem é mais forte do que o vento, e com uma peneira e um balde de água posso mandar as grandes galeras para o fundo do mar. Mas eu tenho um preço, menino bonito, eu tenho um preço. O que você precisa? O que você precisa? Conheço uma flor que cresce no vale, ninguém a conhece além de mim. Ela tem folhas roxas e uma estrela no coração, e seu suco é branco como leite. Se você tocar com esta flor os severos lábios da Rainha, ela te seguirá por todo o mundo. Da cama do Rei ela se levantará e pelo mundo inteiro ela o seguirá. Isso tem um preço, menino bonito, tem um preço. O que você precisa? O que você precisa? Posso esmagar um sapo em um almofariz e fazer um caldo com ele, e mexer o caldo com a mão de um homem morto. Espalhe esse caldo sobre seu inimigo enquanto ele dorme, e ele se transformará em uma víbora negra, e sua própria mãe o matará. Com uma roda posso trazer a Lua do firmamento, e em um cristal posso lhe mostrar a Morte.

O que você precisa? O que você precisa? Conte-me o seu desejo, e eu lhe darei o que você quiser, mas você terá que pagar o meu preço, menino bonito, você terá que pagar o meu preço.

— Meu desejo é apenas uma pequena coisa — disse o jovem Pescador —, mesmo assim o Padre ficou muito bravo comigo e me expulsou da igreja. É apenas pouca coisa, mas os mercadores zombaram de mim e me negaram. Por isso vim até aqui falar com você, embora os homens digam que você é má, mas qualquer que seja o seu preço, eu pagarei.

— O que você quer? — perguntou a Feiticeira, aproximando-se dele.

— Quero mandar minha alma embora, para longe de mim — respondeu o jovem Pescador.

A Feiticeira empalideceu, estremeceu e escondeu o rosto no manto azul.

— Menino bonito, menino bonito — ela murmurou —, isso é uma coisa terrível de se fazer.

Ele balançou os cachos castanhos e sorriu dizendo: — Minha alma não é nada para mim. Não consigo vê-la. Não posso tocá-la. Não a conheço.

— O que você me dará se eu lhe disser? — perguntou a Feiticeira, olhando para ele com seus lindos olhos.

— Cinco moedas de ouro — disse ele — e minhas redes, a casa de pau a pique onde moro e o barco pintado em que navego. Apenas me diga como me livrar de minha alma, e eu lhe darei tudo o que possuo.

Ela riu zombando dele e bateu-lhe com o ramo de cicuta.

— Posso transformar as folhas de outono em ouro — ela respondeu — e posso transformar os pálidos raios de lua em prata, se eu quiser. Aquele a quem sirvo é mais rico do que todos os reis deste mundo e domina todos os reinos.

— O que eu posso lhe dar então? — ele exclamou. — Se o seu preço não é ouro nem prata?

A Feiticeira acariciou o cabelo dele com a mão branca e fina. — Você deve dançar comigo, menino bonito — ela murmurou e sorriu para ele enquanto falava.

— Nada além disso? — exclamou o jovem Pescador, maravilhado, e se pôs de pé.

— Nada além disso — ela respondeu, e sorriu para ele novamente.

— Então, ao pôr do sol em algum lugar secreto, dançaremos juntos — disse ele — e depois de dançarmos, você me dirá o que desejo saber.

Ela balançou a cabeça e murmurou: — Quando for lua cheia, quando for lua cheia. Então ela olhou ao redor e escutou. Um pássaro azul voou gritando de seu ninho e circulou sobre as dunas, e três pássaros malhados farfalharam pela espessa grama cinzenta assobiando um para o outro.

Não havia nenhum outro som a não ser o das ondas agitando os seixos macios lá embaixo. Então ela estendeu a mão, puxou-o para perto dela e colocou os lábios secos perto de sua orelha.

— Esta noite você deverá vir ao topo da montanha — ela sussurrou. — É o Sábado Sagrado e Ele estará lá.

O jovem Pescador estremeceu, olhou para ela e ela mostrou os dentes brancos e riu.

— Quem é Aquele de quem você fala? — perguntou ele.

— Não importa — ela respondeu. — Venha esta noite e fique debaixo dos galhos do choupo esperando a minha chegada. Se um cão preto correr em sua direção, golpeie-o com uma vara de salgueiro e ele irá embora. Se uma coruja falar contigo, não responda. Quando a lua estiver cheia eu estarei contigo, e dançaremos juntos na relva.

— Mas você jura me dizer como posso mandar minha alma para longe de mim? — ele fez a pergunta.

Ela saiu em direção à luz do sol e o vento ondulou todo seu cabelo ruivo. — Pelas patas do bode, eu juro — ela respondeu.

— Você é a melhor das feiticeiras — exclamou o jovem Pescador. — e eu com certeza dançarei com você esta noite no topo da montanha. Eu realmente gostaria que me pedisse ouro ou prata. Mas, se esse é seu preço, você o terá, pois é apenas uma coisa pequena — E ele tirou o chapéu para ela, inclinou a cabeça e correu de volta para a cidade cheio de alegria.

E a Feiticeira o observou enquanto ele se afastava, e quando ele desapareceu, ela entrou em sua caverna e tirou um espelho de uma caixa de cedro esculpida, colocou-o em uma moldura e queimou verbena em carvão aceso diante dele, espiando através das espirais de fumaça. E depois de um tempo ela apertou as mãos com raiva e murmurou: — Ele deveria ter sido meu, sou tão formosa quanto ela.

****

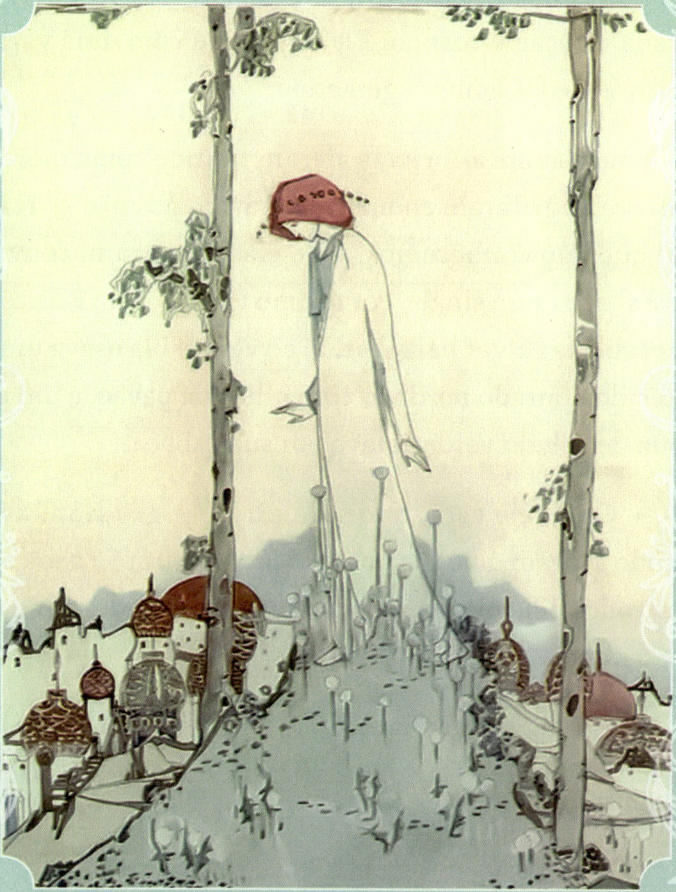

E naquela noite, quando a lua nasceu, o jovem Pescador subiu ao topo da montanha e ficou sob os galhos do choupo. Como um escudo de metal polido, o mar ficava sob seus pés e as sombras dos barcos de pesca moviam-se na pequena baía. Uma grande coruja, de olhos amarelos sulfurosos, chamou-o pelo nome, mas ele não respondeu. Um cachorro preto correu em sua direção e rosnou. Ele o golpeou com uma vara de salgueiro, e ele foi embora gemendo.

À meia-noite as bruxas vieram voando como morcegos. — Ufa! — elas gritaram enquanto paravam no chão — Há alguém aqui que não conhecemos! — e elas farejaram, conversaram entre si e fizeram sinais. Por último veio a jovem Feiticeira, com seus cabelos ruivos balançando ao vento. Ela usava um vestido de tecido dourado bordado com olhos de pavão, e um pequeno capuz de veludo verde estava em sua cabeça.

— Onde ele está, onde ele está? — gritaram as bruxas quando a viram, mas ela apenas riu, correu até o choupo, pegou o Pescador pela mão e o conduziu para a luz do luar e começaram a dançar.

Eles giravam e giravam, e a jovem Feiticeira saltava tão alto que ele podia ver os saltos escarlates de seus sapatos. Então, do outro lado dos dançarinos, veio o som do galope de um cavalo, mas nenhum cavalo foi visto, e ele sentiu medo.

— Mais rápido — gritou a Feiticeira, e jogou os braços em volta do pescoço dele, e ele podia sentir a respiração quente em seu rosto. — Mais rápido, mais rápido! —Ela gritava, e a terra parecia girar sob seus pés, e sua mente ficou perturbada, e um grande terror caiu sobre ele, como se alguma coisa maligna o estivesse observando, e finalmente ele percebeu que sob a sombra de uma rocha havia uma figura que não estava ali antes.

Era um homem vestido com um terno de veludo preto, cortado à moda espanhola. Seu rosto era estranhamente pálido, mas seus lábios eram como uma flor vermelha gloriosa. Ele parecia cansado e estava recostado, brincando de maneira apática com o punho de sua adaga. Na grama ao lado dele havia um chapéu emplumado e um par de luvas de montaria com rendas douradas e costuradas com pérolas que formavam um curioso desenho. Um manto curto forrado de pele de marta pendia de seu ombro, e suas delicadas mãos brancas estavam enfeitadas de anéis. Pálpebras pesadas caíam sobre seus olhos.

O jovem Pescador o observava, como que se estivesse enfeitiçado. Finalmente seus olhares se encontraram, e onde quer que ele dançasse, parecia-lhe que os olhos do homem estavam sobre ele. Ele ouviu a Feiticeira rir, pegou-a pela cintura e começou a girá-la loucamente.

De repente, um cachorro latiu na floresta, e os dançarinos pararam, e subindo dois a dois, ajoelharam-se e beijaram as mãos do homem. Enquanto eles faziam isso, o homem exibiu um pequeno sorriso em seus lábios orgulhosos, como a asa de um pássaro toca a água e a faz sorrir. Mas havia desdém nesse sorriso e ele continuou olhando para o jovem Pescador.

— Venha! Vamos reverenciá-lo — sussurrou a Feiticeira, conduzindo-o para cima, e um grande desejo de fazer o que ela implorava se apoderou dele, e ele a seguiu. Mas quando ele se aproximou, e sem saber o motivo, fez o sinal da Cruz em seu peito e invocou o Santo Nome.

Assim que ele fez isso, as bruxas gritaram como falcões e saíram voando para longe, e o rosto pálido que o observava se contraiu com um espasmo de dor. O homem foi até um pequeno arbusto e assobiou. Um cavalo com ornamentos de prata veio correndo ao seu encontro. Ao subir na sela, virou-se e olhou tristemente para o jovem Pescador.

E a Feiticeira de cabelo ruivo tentou fugir também, mas o Pescador a pegou pelos pulsos e a segurou com força.

— Me solte — ela gritou — e me deixe ir. Você falou o nome de quem não devia ser mencionado e fez o sinal que não pode ser visto.

— Não — ele respondeu —, não vou deixar você ir até que me conte o segredo.

— Que segredo? — disse a Feiticeira, lutando com ele como um gato selvagem, e mordendo os próprios lábios salpicados de espuma.

— Você sabe — ele respondeu.

Seus olhos verdes claros escureceram de lágrimas, e ela disse ao Pescador:

— Peça-me qualquer coisa, menos isso!

Ele riu e a abraçou com mais força.

E quando ela percebeu que não podia se libertar, sussurrou para ele:

— Certamente sou tão formosa quanto as filhas do mar e tão delicada quanto as que habitam nas águas azuis — e olhou para ele com carinho aproximando-se do rosto dele.

Mas ele a empurrou para trás franzindo a testa e disse a ela: — Se você não cumprir a promessa que me fez, eu a matarei por ser uma falsa bruxa.

Ela ficou sem palavras e estremeceu. Em seguida, ela murmurou:

— Que assim seja, é sua alma e não a minha. Faça como quiser.

Então, tirou do cinto uma pequena faca que tinha um cabo de pele de serpente verde e deu a ele.

— Do que isso vai me servir? — ele perguntou a ela, tentando imaginar algo.

Ela ficou em silêncio por alguns momentos, e um olhar de terror tomou conta de seu rosto. Então ela afastou o cabelo da testa e, sorrindo estranhamente, disse a ele: — O que os homens chamam de sombra do corpo não é a sombra do corpo, mas é o corpo da alma. Fique à beira-mar de costas para a lua e corte a sombra rente a seus pés, que é o corpo de sua alma, e peça a sua alma que lhe deixe, e assim será.

O jovem Pescador estremeceu: — Isso é verdade? — murmurou.

— É verdade, e eu gostaria de não ter contado a você — ela disse chorando e se agarrou aos joelhos dele.

Ele a afastou de si e a deixou na grama espessa, indo para a beira da montanha onde ele colocou a faca no cinto e começou a descer.

E a Alma que estava dentro dele o chamou e disse: — Ei!

Estou com você por todos esses anos, e sempre fui sua serva. Não me mande embora, pois que mal eu lhe fiz?

O jovem Pescador riu e respondeu: — Você não me fez mal algum, mas não preciso de você. O mundo é grande, e há também o Céu, e o Inferno, e aquela casa escura do crepúsculo que fica no meio dos dois. Vá para onde quiser, mas não me incomode, porque meu amor está me chamando.

Sua Alma implorou pateticamente, mas ele não a atendeu e continuou saltando de penhasco em penhasco, com os pés firmes como uma cabra selvagem, e por fim alcançou o terreno plano e a areia amarela do mar.

Com os braços bronzeados e bem torneados, como uma estátua forjada por um grego, ele ficou na areia de costas para a lua, e da espuma saíam braços brancos que acenavam para ele, e das ondas surgiam formas sombrias que lhe faziam homenagem. Diante dele estava sua sombra, que era o corpo de sua alma, e atrás dele pendia a lua no ar cor de mel.

Então sua Alma lhe disse: — Se de fato você tem que me expulsar, não me envie sem um coração. O mundo é cruel, dê-me seu coração para levar comigo.

Ele balançou a cabeça e sorriu. — Como poderei amar meu amor se eu lhe der meu coração? — ele exclamou.

— Não poderá, mas seja misericordioso — disse sua Alma —, dê-me seu coração, pois o mundo é muito cruel, e eu estou com medo.

— Meu coração é do meu amor — respondeu ele —, portanto, não demore, vá embora.

— Não devo amar também? — perguntou sua Alma.

— Vá embora, pois não preciso de você — gritou o jovem Pescador, e ele pegou a pequena faca com seu cabo de pele verde de serpente e cortou sua sombra ao redor de seus pés, e ela se levantou e parou diante ele, fitando-o, e era exatamente igual a ele.

Ele se afastou para trás e enfiou a faca em seu cinto, e um sentimento de assombro tomou conta dele. — Vá embora — ele murmurou —, eu não quero mais ver seu rosto.

— Eu vou, mas devemos nos encontrar novamente — disse a Alma. Sua voz era baixa e parecida com uma flauta, e seus lábios mal se moviam enquanto falava.

— Como vamos nos encontrar? — exclamou o jovem Pescador. — Se você não me seguirá nas profundezas do mar?

— Uma vez por ano virei a este lugar e chamarei por você. — disse a Alma. — Pode ser que você precise de mim.

— Por que vou precisar de você? — gritou o jovem Pescador. — Mas que seja como você deseja. — E mergulhou nas águas do mar e os tritões tocaram suas trombetas e a pequena Sereia levantou-se para encontrá-lo, e colocou os braços em volta do pescoço e beijou-o na boca.

A Alma ficou na praia solitária os observando. E quando eles afundaram no mar, ela saiu lamentando pelos pântanos.

****

E depois de um ano, a Alma desceu até a praia e chamou o jovem Pescador, e ele se ergueu das profundezas e disse: — Por que você está me chamando?

E a Alma respondeu: — Chegue mais perto para que eu possa lhe contar sobre as coisas maravilhosas que vi.

Então ele se aproximou, deitou-se na água rasa, apoiou a cabeça nas mãos e escutou.

****

E a Alma começou a contar: — Quando lhe deixei, virei meu rosto para o Oriente e segui viagem. Do Oriente vem tudo o que é sábio. Viajei seis dias e na manhã do sétimo dia cheguei a uma colina que fica no país dos tártaros. Sentei-me à sombra de uma tamargueira para me proteger do sol. A terra estava seca e queimada pelo calor. As pessoas iam e vinham pela planície como moscas rastejando sobre um disco de cobre polido.

— Quando era meio-dia, uma nuvem de poeira vermelha se levantou da borda plana da terra. Quando os tártaros viram aquilo, esticaram seus arcos pintados e, saltando em seus pequenos cavalos, galoparam ao encontro daquela nuvem. As mulheres fugiram gritando para as carroças e se esconderam atrás das cortinas de feltro.

— Ao crepúsculo os tártaros voltaram, mas cinco deles haviam desaparecido, e os que voltaram muito estavam feridos. Eles atrelaram seus cavalos às carroças e foram embora apressadamente. Três chacais saíram de uma caverna para os espiar. Então eles farejaram o ar com as narinas e trotaram na direção oposta.

— Quando a lua nasceu, vi uma fogueira acesa na planície e fui em direção a ela. Um grupo de mercadores estava sentado ao redor dela em seus tapetes. Seus camelos estavam presos atrás deles, e os negros que eram seus servos armavam tendas de pele curtida sobre a areia e faziam um muro alto de figo-da-índia.

— Quando me aproximei deles, o chefe dos mercadores levantou-se, desembainhou a espada e perguntou-me o que eu fazia ali.

— Respondi que eu era um príncipe em minha terra e que havia escapado dos tártaros, que queriam me fazer de escravo. O chefe sorriu e me mostrou cinco cabeças penduradas em longos juncos de bambu.

— Então ele me perguntou quem era o profeta de Deus, e eu lhe respondi que era Maomé.

— Quando ele ouviu o nome do profeta, curvou-se e segurou minha mão, colocando-me ao seu lado. Um negro me trouxe um pouco de leite de égua em um prato de madeira e um pedaço de carne de cordeiro assada.

— Ao raiar do dia começamos nossa jornada. Eu montei um camelo de pelos vermelhos ao lado do chefe, e um corredor seguia na nossa frente carregando uma lança. Os homens de guerra estavam de ambos os lados, e as mulas seguiam com as mercadorias. Havia quarenta camelos na caravana, e as mulas eram o dobro disso.

— Passamos do país dos tártaros para o país dos que amaldiçoam a Lua. Vimos os Grifos guardando seu ouro nas rochas brancas, e os dragões cheios de escamas dormindo em suas cavernas. Enquanto passávamos pelas montanhas prendíamos a respiração para que a neve não caísse sobre nós, e cada homem amarrava um véu de gaze diante de seus olhos. Ao passarmos pelos vales, pigmeus atiravam flechas contra nós dos buracos das árvores, e à noite ouvíamos os selvagens batendo em seus tambores. Quando chegamos à Torre dos Macacos, colocamos frutas diante deles, e eles não nos machucaram. Quando chegamos à Torre das Serpentes, demos-lhes leite quente em tigelas de bronze, e elas nos deixaram passar. Três vezes em nossa jornada chegamos às margens do Oxus. Atravessamos em balsas de madeira com grandes bexigas embaixo cheias de ar. Os rinocerontes se enfureceram e tentaram nos matar. Os camelos tremeram quando os viram.

— Os reis de cada cidade cobravam pedágios de nós, mas não nos permitiam entrar por seus portões. Atiravam-nos pão por cima das paredes, bolinhos de milho assados com mel e bolos de farinha fina recheados com tâmaras. Para cada cem cestos, nós lhes dávamos uma conta de âmbar.

— Quando os moradores das aldeias nos viam chegando, envenenavam os poços e fugiam para o alto das colinas. Lutamos com o povo Magadae que nascem velhos e ficam cada vez mais jovens a cada ano, e morrem quando são criancinhas; e com os Laktroi, que dizem ser filhos de tigres e se pintam de amarelo e preto. Lutamos também com os Aurantes, que enterram seus mortos no topo das árvores e vivem em cavernas escuras para que o Sol, que é seu deus, não os mate; e enfrentamos os Krimnianos, que adoram um crocodilo, lhe dão brincos de cristal verde, e o alimentam com manteiga e aves frescas. Tivemos ainda que lutar com o povo Agazonbae, que tem cara de cachorro; e com os Sibanos, que têm pernas de cavalo e correm mais rápido do que um. Um terço de nosso grupo morreu em batalha e outro terço morreu por causa das privações. O restante murmurava contra mim, dizendo que eu lhes trouxera má sorte. Peguei uma serpente com chifres debaixo de uma pedra e deixei que me picasse. Quando viram que eu não adoecia, ficaram com medo.

— No quarto mês chegamos à cidade de Illel. Era noite quando chegamos à floresta que fica fora dos muros, e o ar estava abafado, pois a Lua estava transitando em Escorpião. Pegamos as romãs maduras das árvores, as quebramos e bebemos seus doces sucos. Então nos deitamos em nossos tapetes e esperamos o amanhecer.

— E ao amanhecer nos levantamos e batemos no portão da cidade. Era forjado em bronze vermelho e esculpido com dragões marinhos e dragões com asas. Os guardas olharam para baixo das ameias e nos perguntaram o que estávamos fazendo ali. O intérprete da caravana respondeu que tínhamos vindo da ilha da Síria com muita mercadoria. Fizeram alguns de nós como reféns, nos disseram que abririam o portão ao meio-dia e nos mandaram ficar ali até aquela hora.

— Ao meio-dia, abriram o portão e, quando entramos, as pessoas saíram das casas para nos ver, e um pregoeiro percorria a cidade gritando através de uma concha. Estávamos no mercado, e os negros desamarraram os fardos de panos estampados e abriram os baús esculpidos de sicômoro. E quando eles terminaram sua tarefa, os mercadores apresentaram suas mercadorias estranhas, o linho encerado do Egito e o linho pintado do país dos etíopes, as esponjas roxas de Tiro e as cortinas azuis de Sidon, as taças de âmbar frio, belos vasos de cristal e os curiosos vasos de cerâmica queimada. Do telhado de uma casa, um grupo de mulheres nos observava. Uma delas usava uma máscara de couro dourado.

— No primeiro dia vieram os sacerdotes e negociaram conosco, no segundo dia vieram os nobres e no terceiro dia vieram os artesãos e os escravos. E este é o costume deles com todos os mercadores enquanto permanecem na cidade.

— Nós ficamos por uma lua, e quando a lua estava minguando, eu me cansei e vaguei pelas ruas da cidade e cheguei ao jardim de deus deles. Os sacerdotes em suas vestes amarelas moviam-se silenciosamente pelas árvores verdes, e sobre um pavimento de mármore negro ficava a casa rosa avermelhada na qual o deus morava. Suas portas eram envernizadas, e touros e pavões de ouro tinham sido esculpidos em relevo. O teto inclinado era de porcelana verde-mar, e os beirais salientes estavam enfeitados com pequenos sinos. Quando as pombas brancas passavam voando, batiam nos sinos com as asas e os faziam tilintar.

— Em frente ao templo havia uma piscina de água limpa pavimentada com ônix raiado. Deitei-me ao lado dela e com meus dedos pálidos toquei as folhas largas. Um dos sacerdotes veio em minha direção e ficou atrás de mim. Ele tinha sandálias nos pés, uma de pele macia de serpente e outra de plumagem de pássaro. Em sua cabeça havia uma mitra de feltro preto decorada com meias-luas prateadas. Sete luas crescentes estavam bordadas em seu manto, e seu cabelo crespo estava tingido de antimônio. Depois de um tempo, ele falou comigo e perguntou o que eu desejava. Respondi que meu desejo era ver o deus.

— O deus está caçando, disse o sacerdote, olhando estranhamente para mim com seus pequenos olhos oblíquos.

— Diga-me em que floresta, e eu cavalgarei até ele, respondi.

— Ele penteou as franjas macias de sua túnica com suas longas unhas pontudas e murmurou: O deus está dormindo.

— Diga-me onde ele está dormindo, e eu velarei por ele, respondi.

— O deus está na festa, ele exclamou.

— Se o vinho for doce, beberei com ele, e se for amargo, beberei com ele da mesma forma, essa foi minha resposta.

— Ele inclinou a cabeça maravilhado e, tomando-me pela mão, levantou-me e conduziu-me ao templo.

— E na primeira câmara vi um ídolo sentado em um trono de jaspe enfeitado com grandes pérolas orientais. Foi esculpido em ébano e tinha a estatura de um homem. Em sua testa havia um rubi, e um óleo espesso gotejava de seu cabelo em suas coxas. Seus pés estavam vermelhos com o sangue de um cabrito recém-sacrificado, e seus quadris cingidos com um cinto de cobre cravejado de sete berilos.

— E eu perguntei ao sacerdote: este é o deus?, e ele me respondeu: este é o deus.

— Mostre-me o deus, exclamei, ou certamente eu lhe matarei. E toquei a mão dele e ela definhou.

— E o sacerdote me implorou, dizendo: que o meu senhor possa curar seu servo, e eu lhe mostrarei o deus.

— Então soprei minha respiração sobre a mão dele, e ela ficou inteiramente curada e ele tremeu e me levou para a segunda câmara, e eu vi um ídolo de pé em um lótus de jade pendurado com grandes esmeraldas. Havia sido esculpido em marfim e tinha duas vezes a estatura de um homem. Em sua testa havia um crisólito, e seu peito estava untado com mirra e canela. Em uma mão segurava um cetro curvo de jade e na outra um cristal redondo. Usava sapatos de bronze e havia um colar de selenitas em seu pescoço robusto.

— E eu disse ao sacerdote: este é o deus?

— E ele me respondeu: este é o deus.

— Mostre-me o deus, exclamei, ou certamente eu lhe matarei. E toquei seus olhos, e ele ficou cego.

— E o sacerdote me implorou, dizendo: que o meu senhor possa curar seu servo, e eu lhe mostrarei o deus.

— Então eu soprei com minha respiração em seus olhos e ele voltou a enxergar. Ele tremeu novamente e me levou até a terceira sala, e, veja só!, não havia nenhum ídolo lá, nem imagem de qualquer tipo, mas apenas um espelho redondo de metal colocado em um altar de pedra.

— E eu disse ao sacerdote: onde está o deus?

— E ele me respondeu: não há deus senão este espelho que você vê, pois este é o Espelho da Sabedoria. E reflete todas as coisas que estão nos céus e na terra, exceto a face daquele que olha para ele. Essa ele não reflete, para que aquele que olha para o espelho possa tornar-se sábio. Existem muitos outros espelhos, mas são espelhos de Opinião. Este é o único Espelho da Sabedoria. Aqueles que possuem este espelho sabem tudo, não há nada que fique oculto deles. E aqueles que não o possuem não têm Sabedoria. Portanto, este é o deus, e nós o adoramos. E eu olhei no espelho, e era exatamente como ele havia me dito.

— Então fiz uma coisa estranha, mas o que fiz não importa, pois em um vale que fica a apenas um dia de viagem deste lugar, escondi o Espelho da Sabedoria. Apenas permita que eu entre novamente em você e seja seu servo, e você será mais sábio do que todos os sábios, e a Sabedoria será sua. Deixe-me entrar em você e ninguém será mais sábio.

Mas o jovem Pescador riu e respondeu: — O amor é melhor do que a sabedoria e a pequena Sereia me ama.

— Não, não há nada melhor do que a Sabedoria — disse a Alma.

— O amor é melhor — respondeu o jovem Pescador e mergulhou nas profundezas, e a Alma partiu lamentando para os pântanos.

****

E depois que o segundo ano terminou, a Alma desceu até a praia e chamou o jovem Pescador, e ele ergueu-se das profundezas e disse: — Por que você está me chamando?

E a Alma respondeu: — Chegue mais perto para que eu possa conversar com você, porque vi coisas maravilhosas.

Então ele se aproximou, deitou-se nas águas rasas e apoiou a cabeça em suas mãos para escutar.

E a Alma lhe disse: — Quando lhe deixei, virei meu rosto para o Sul e segui viagem. Do Sul vem tudo o que é precioso. Seis dias viajei pelas estradas que levam à cidade de Ashter, pelas estradas poeirentas e tingidas de vermelho pelas quais os peregrinos costumam viajar, e na manhã do sétimo dia levantei meus olhos, e a cidade estava aos meus pés, pois fica em um vale.

— Há nove portões naquela cidade, e na frente de cada portão está um cavalo de bronze que relincha quando os beduínos descem das montanhas. As paredes são revestidas com cobre e as torres de vigia nas paredes são cobertas com bronze. Em todas as torres há um arqueiro com um arco em sua mão. Ao nascer do sol ele golpeia um gongo com uma flecha, e ao pôr do sol ele sopra através de uma trompa de chifre.

— Quando tentei entrar, os guardas me pararam e perguntaram quem eu era. Respondi que era um dervixe[20] e estava a caminho da cidade de Meca, onde havia um véu verde no qual o Alcorão tinha sido bordado em letras de prata pelas mãos dos anjos. Eles se encheram de admiração e me deixaram prosseguir.

— Do lado de dentro parece um bazar. Certamente você deveria ter ido comigo. Do outro lado das ruas estreitas, as alegres lanternas de papel voam como grandes borboletas. Quando o vento sopra sobre os telhados, elas sobem e descem como bolhas coloridas. Na frente de suas barracas, os mercadores ficam sentados em tapetes de seda. Eles têm barbas pretas e longas, e seus turbantes são cobertos de lantejoulas douradas, e longos fios de âmbar e pedras da cor do pêssego esculpidas deslizam por seus dedos frios. Alguns deles vendem gálbano, nardo, perfumes curiosos das ilhas do mar Índico, e o óleo espesso de rosas vermelhas, mirra e pequenos cravos em forma de prego. Quando alguém para para falar com eles, eles jogam pitadas de incenso em um braseiro de carvão e isso deixa o ar doce. Vi um sírio que segurava em suas mãos uma vara fina como um bambu. Dali saíam fios cinzentos de fumaça e o cheiro enquanto queimava era de amêndoa rosada na primavera. Outros vendiam pulseiras de prata totalmente incrustadas com

---

20 Um dervixe é um praticante aderente ao islamismo sufista que segue o caminho ascético da "Tariqah", conhecido por sua extrema pobreza e austeridade.

pedras turquesas azuis, e tornozeleiras de fio de bronze com franjas de pequenas pérolas, garras de tigre engastadas em ouro, garras daquele gato dourado, o leopardo, também engastadas em ouro, brincos de esmeralda perfurada e anéis de jade. Das casas de chá vinha o som do violão, e os fumantes de ópio com seus rostos brancos e sorridentes observavam os passantes.

— Você realmente deveria ter ido comigo. Os vendedores de vinho abrem caminho entre a multidão com grandes peles negras nos ombros. A maioria vende o vinho de Schiraz, que é doce como o mel. Eles o servem em copinhos de metal e espalham folhas de rosa sobre ele. Na feira estão os vendedores que vendem todos os tipos de frutas: figos maduros, com sua polpa roxa machucada, melões, cheirando a almíscar e amarelos como topázios, cidras, maçãs cor-de-rosa e cachos de uvas, laranjas redondas vermelho-ouro, e limões ovais da cor de ouro verde. Em determinado momento vi um elefante passando. Seu tronco era pintado de vermelho e cúrcuma, e sobre suas orelhas ele tinha uma rede de seda carmesim trançada. Parou em frente a uma das barracas e começou a comer as laranjas. O homem apenas riu. Você não imagina como as pessoas são estranhas. Quando estão alegres, vão aos vendedores de pássaros, compram deles um pássaro engaiolado e o soltam para que sua alegria seja maior, e quando estão tristes se flagelam com espinhos para que sua tristeza não diminua.

— Um fim de tarde encontrei alguns negros carregando um pesado palanquim[21] pelo bazar. Era feito de bambu dourado e

---

21 Palanquim: veículo usado em países orientais (como China e Índia) que é uma espécie de liteira fechada ou de leito ou assento coberto, preso a um varal que é levado por dois, quatro ou seis homens ou, por vezes, no dorso de elefantes ou camelos.

as varas eram de laca vermelha cravejada de pavões de bronze. As janelas tinham cortinas finas de musselina bordadas com asas de besouros e pequeninas pérolas, e ao passar por ela um pálido rosto circassiano olhou para fora e sorriu para mim. Segui atrás, e os negros apressaram seus passos e fizeram cara feia. Mas eu não me importei porque senti uma grande curiosidade tomar conta de mim. Por fim, eles pararam em uma casa quadrada e branca. Não havia janelas, apenas uma pequena porta que parecia a entrada de uma tumba. Abaixaram o palanquim e bateram três vezes com um martelo de cobre. Um armênio em um cafetã de couro verde espiou pelo postigo e, quando os viu, abriu e estendeu um tapete no chão, e a mulher saiu. Quando ela entrou, ela se virou e sorriu para mim novamente. Jamais tinha visto uma pessoa tão pálida.

— Quando a lua nasceu, voltei ao mesmo lugar e procurei a casa, mas ela não estava mais lá. Quando vi aquilo, soube quem era a mulher e o motivo pelo qual ela havia sorrido para mim.

— Você realmente deveria ter ido comigo. Na festa da Lua Nova, o jovem imperador saiu de seu palácio e entrou na mesquita para rezar. Seu cabelo e barba haviam sido tingidos com pétalas de rosa, e suas bochechas estavam polvilhadas com um fino pó de ouro. As palmas de seus pés e mãos eram coloridas de amarelo como açafrão.

— Ao nascer do sol, ele saiu de seu palácio com um manto de prata, e ao pôr do sol voltou com um manto de ouro. As pessoas se jogaram no chão e esconderam seus rostos, mas eu não fiz isso. Fiquei ao lado da barraca de um vendedor de tâmaras e esperei. Quando o imperador me viu, ergueu as sobrancelhas pintadas e parou. Fiquei imóvel e não fiz nenhuma reverência.

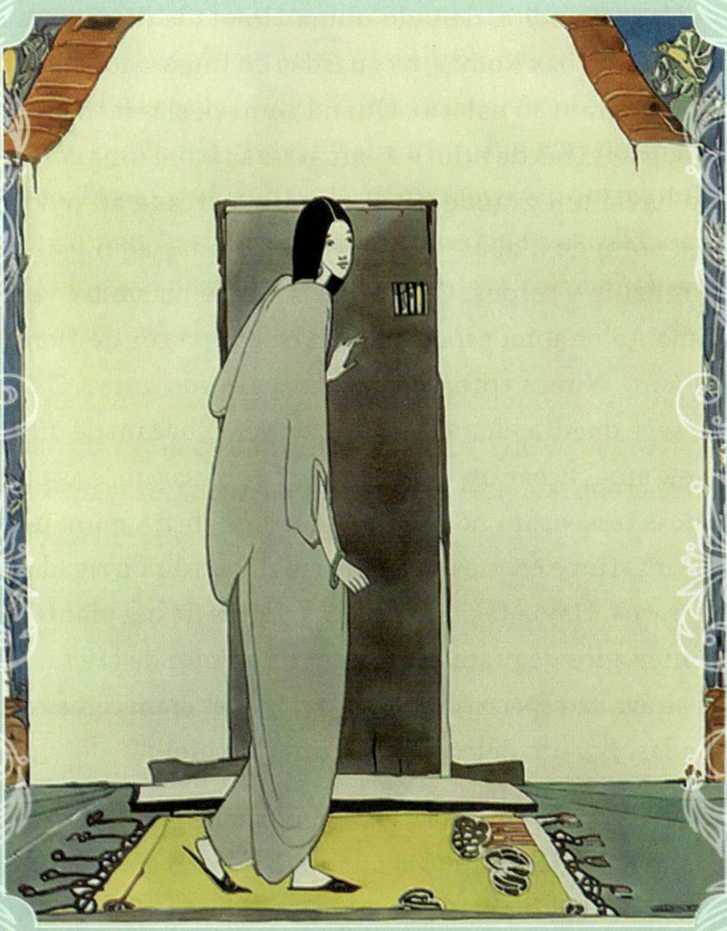

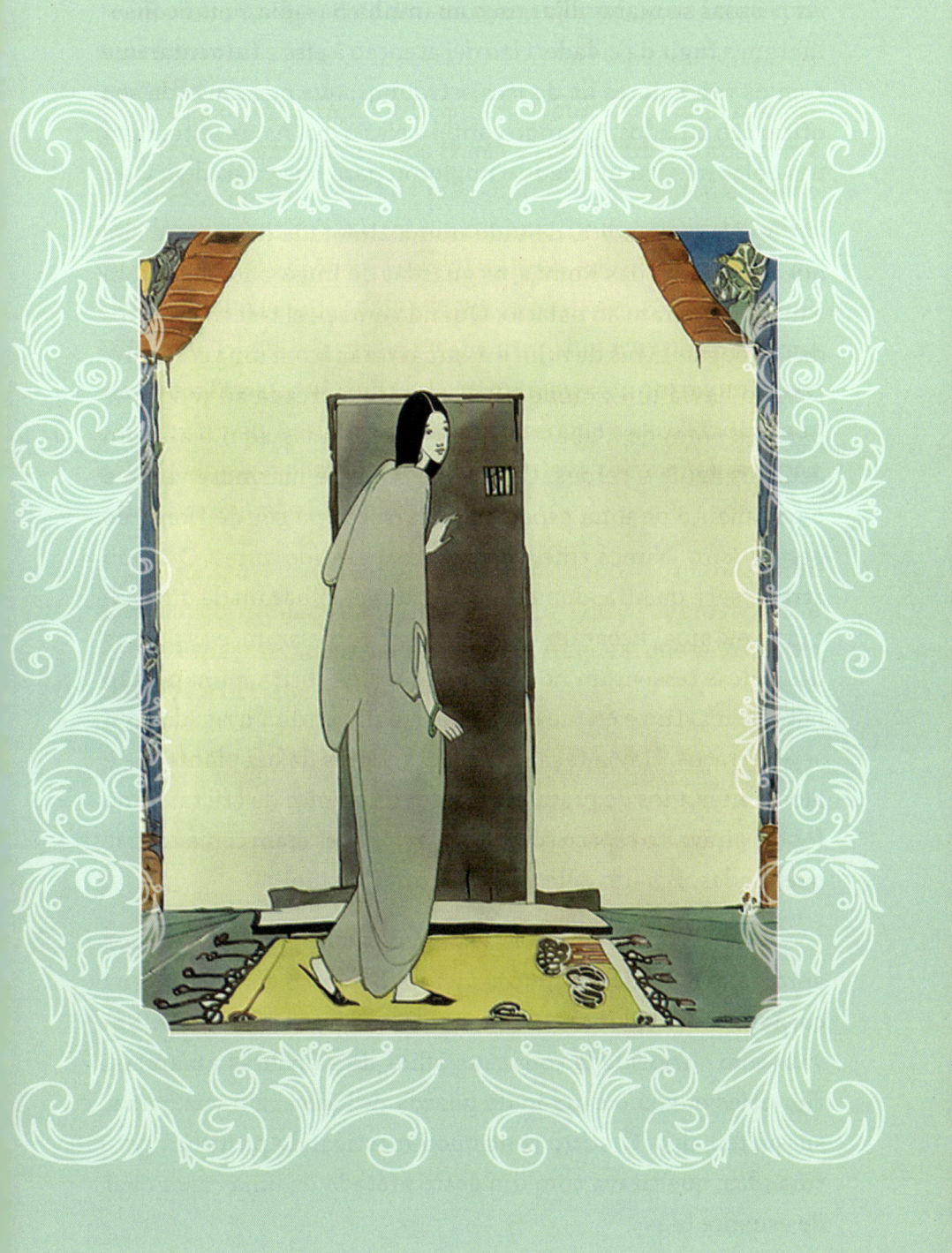

As pessoas se maravilharam com minha ousadia e me aconselharam a fugir da cidade. Não dei atenção a eles e fui sentar-me com os vendedores de deuses estranhos, que por causa de seu ofício são odiados. Quando contei a eles o que havia feito, cada um deles me deu um deus e implorou para que eu os deixasse.

— Naquela noite, deitado numa almofada na casa de chá que fica na Rua das Romãs, os guardas do Imperador entraram e me conduziram ao palácio. Quando entrei, eles fecharam todas as portas atrás de mim e as amarraram com uma corrente. Dentro havia um grande pátio com uma arcada ao redor. As paredes eram de alabastro branco, decoradas aqui e ali com azulejos azuis e verdes. Os pilares eram de mármore verde e o pavimento de uma espécie de mármore na cor de flores de pessegueiro. Nunca tinha visto nada parecido antes. Quando atravessei a quadra, duas mulheres de véu olharam de uma sacada e me amaldiçoaram. Os guardas se apressaram, e as pontas das lanças ressoaram no chão polido. Eles abriram um portão feito de marfim e eu me encontrei em um jardim irrigado com sete terraços. Havia taças de tulipas, flores da lua plantadas e aloés enfeitados de prata. Como um fino junco de cristal, uma fonte pairava no espaço sombrio. Os ciprestes eram como tochas queimadas. Em um deles cantava um rouxinol.

— No final do jardim havia um pequeno pavilhão. Ao nos aproximarmos, dois eunucos vieram ao nosso encontro. Seus corpos obesos balançavam enquanto andavam, e eles me olhavam com curiosidade com seus olhos de pálpebras amarelas. Um deles puxou o capitão da guarda de lado e, em voz baixa, sussurrou algo. O outro continuou mastigando pastilhas perfumadas, que tirava com um gesto afetado de uma caixa oval de esmalte lilás.

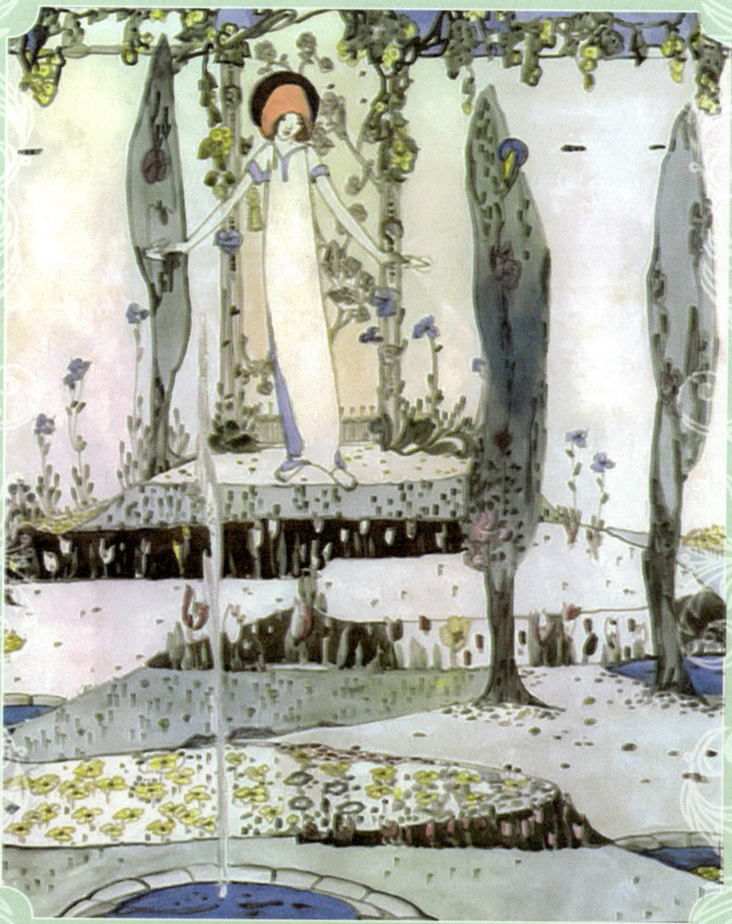

—Depois de alguns momentos, o capitão da guarda dispensou os soldados. Eles voltaram para o palácio, os eunucos seguindo lentamente atrás colhendo as amoras doces das árvores enquanto passavam. Em certo momento, o mais velho dos dois se virou e sorriu para mim com um sorriso maligno.

— Então o capitão da guarda me fez sinal para a entrada do pavilhão. Caminhei sem tremer e, abrindo a pesada cortina, entrei.

— O jovem imperador estava estirado em um sofá de peles de leão tingidas e um falcão-gerifalte empoleirado em seu pulso. Atrás dele estava um núbio[22] de turbante de bronze, nu até a cintura e com brincos pesados nas orelhas cortadas. Em uma mesa ao lado do sofá havia uma poderosa cimitarra[23] de aço.

— Quando o imperador me viu, franziu a testa e perguntou: Qual é o seu nome? Não sabe que sou imperador desta cidade? Porém, eu não lhe dei nenhuma resposta.

— Ele apontou com o dedo para a cimitarra, e o núbio a agarrou e, correndo para a frente, atingiu-me com grande violência. A lâmina zuniu através de mim e não me machucou. O homem caiu estatelado no chão e, quando se levantou, seus dentes batiam de tanto terror que ele se escondeu atrás do sofá.

— O imperador deu um salto e ficou em pé tirando uma lança de um conjunto de armas e a atirou em mim. Eu a peguei em voo e quebrei em dois pedaços. Em seguida, ele atirou em

---

22 Núbio: aquele que é natural ou habitante da Núbia, região da África correspondente à parte setentrional do Sudão e à extremidade Sul do Egito.
23 Cimatarra: espada típica do Oriente Médio e da Índia Muçulmana. Ela tem a lâmina mais curva e mais larga na extremidade livre.

mim uma flecha, mas eu levantei minhas mãos e a parei no ar. Então ele puxou uma adaga de um cinto de couro branco, e esfaqueou o núbio na garganta para que o escravo não falasse de sua desonra. O homem se contorceu como uma cobra pisoteada, e uma espuma vermelha borbulhou de seus lábios.

— Assim que ele morreu, o imperador virou-se para mim, e quando enxugou o suor brilhante de sua testa com um pequeno guardanapo de seda púrpura, perguntou: Você é um profeta ou filho de um profeta para que eu não possa lhe fazer mal? Eu lhe peço que deixe minha cidade esta noite, pois enquanto você estiver aqui não sou mais o senhor dela.

— E eu lhe respondi: vim buscar metade do seu tesouro. Dê-me metade do seu tesouro, e eu irei embora.

— Ele me pegou pela mão e me levou até o jardim. Quando o capitão da guarda me viu, estremeceu. Quando os eunucos me viram, seus joelhos tremeram e eles caíram no chão com medo.

— Há uma câmara no palácio que tem oito paredes de pórfiro vermelho e um teto de bronze com lâmpadas penduradas. O Imperador tocou em uma das paredes e ela se abriu, e passamos por um corredor que estava iluminado com muitas tochas. Em nichos de cada lado havia grandes jarras de vinho cheias até a borda com peças de prata. Quando chegamos ao centro do corredor, o imperador falou a palavra que não pode ser dita, e uma porta de granito abriu-se porque havia uma mola secreta, e ele colocou as mãos diante do rosto para que não seus olhos não ficassem ofuscados.

— Você não pode imaginar como aquele lugar era maravilhoso. Havia enormes cascos de tartaruga cheios de pérolas e enormes pedras da lua empilhadas junto com rubis vermelhos. O ouro era guardado em cofres de couro de elefante, e o ouro em pó em garrafas de couro. Havia opalas e safiras, as primeiras em taças de cristal, e as últimas em taças de jade. Esmeraldas verdes redondas estavam dispostas em ordem sobre finas placas de marfim, e em um canto havia sacos de seda cheios, alguns com pedras turquesas e outros com berilos. Os chifres de marfim estavam empilhados com ametistas púrpura, e os chifres de bronze com calcedônias e sardas. Os pilares, que eram de cedro, estavam pendurados com cordas de pedras de olho de lince amarelas. Nos escudos planos e ovais havia carbúnculos, uns da cor do vinho e outros da cor da relva. E eu ainda não lhe disse nem um décimo do que havia lá.

— E quando o Imperador tirou as mãos de diante de seu rosto, ele me disse: esta é minha casa do tesouro, e metade do que está nela é seu, como lhe prometi. E eu lhe darei camelos e condutores de camelos, e eles cumprirão suas ordens e levarão sua parte do tesouro para qualquer parte do mundo que você deseje ir. Tudo será feito esta noite, pois eu não gostaria que o Sol, que é meu pai, visse que há em minha cidade um homem que eu não posso matar.

— Mas eu lhe respondi: o ouro que está aqui é seu, e a prata também é sua, e suas são as joias preciosas e as coisas de valor. Quanto a mim, não preciso disso. Nem tomarei nada do que é seu a não ser esse pequeno anel que você usa no dedo da sua mão.

— E o imperador franziu a testa e exclamou: é apenas um anel de chumbo, não tem valor nenhum. Portanto, pegue a sua metade do tesouro e saia da minha cidade.

— Não, eu respondi, não levarei nada além desse anel de chumbo, pois sei o que está escrito nele e com que propósito.

— E o imperador tremeu e me implorou dizendo: pegue todo o tesouro e vá embora da minha cidade. A metade que é minha será sua também.

— E fiz uma coisa estranha, mas o que fiz não importa, pois em uma caverna que fica a apenas um dia de viagem daqui, escondi o Anel das Riquezas. Está a apenas um dia de viagem daqui e aguarda a sua chegada. Aquele que possuir este Anel será mais rico do que todos os reis do mundo. Portanto, venha, pegue-o e as riquezas do mundo serão todas suas.

Mas o jovem Pescador riu e disse: — O amor é melhor do que as riquezas e a pequena Sereia me ama.

— Não, não há nada melhor do que as Riquezas – disse a Alma.

— O amor é melhor — respondeu o jovem Pescador e mergulhou nas profundezas, e a Alma seguiu lamentando pelos pântanos.

****

E depois do fim do terceiro ano, a Alma desceu até a praia e chamou o jovem Pescador, e ele ergueu-se das profundezas e disse: — Por que você está me chamando?

E a Alma respondeu: — Chegue mais perto, para que eu possa falar com você, porque vi coisas maravilhosas.

Então ele se aproximou e se deitou nas águas rasas, e apoiou a cabeça sobre as mãos e escutou.

E a Alma lhe disse: — Em uma cidade que eu conheço tem uma pousada que fica junto a um rio. Sentei-me lá com marinheiros que bebiam dois vinhos de cores diferentes, comiam pão de cevada e peixinhos salgados servidos em folhas de louro com vinagre. E enquanto estávamos sentados e nos divertindo, entrou um velho carregando um tapete de couro e um alaúde que tinha dois chifres de âmbar. E quando ele estendeu o tapete no chão, bateu com uma pena nas cordas de arame de seu alaúde, e uma jovem cujo rosto estava coberto correu e começou a dançar diante de nós. Seu rosto estava coberto com um véu de gaze, mas seus pés estavam despidos. Seus pés estavam despidos e se moviam sobre o tapete como pombinhos brancos. Nunca vi nada tão maravilhoso; e a cidade em que ela dança fica a apenas um dia de viagem daqui.

Dessa vez, quando o jovem Pescador ouviu as palavras de sua Alma, lembrou-se que a pequena Sereia não tinha pés e não sabia dançar. E um grande desejo tomou conta dele e disse a si mesmo: — É apenas um dia de viagem, e posso retornar ao meu amor — e ele riu, levantou-se da água rasa e caminhou em direção à praia.

E quando chegou à areia, ele riu novamente e estendeu os braços para sua Alma. Sua Alma deu um grande grito de alegria e correu ao seu encontro; e assim que ela se uniu a ele, o jovem Pescador viu aquela sombra na areia, estendida diante dele, que é o corpo da Alma.

E sua alma lhe disse: — Não vamos demorar muito aqui, temos que sair imediatamente porque os deuses do mar são ciumentos e têm monstros que seguem suas ordens.

****

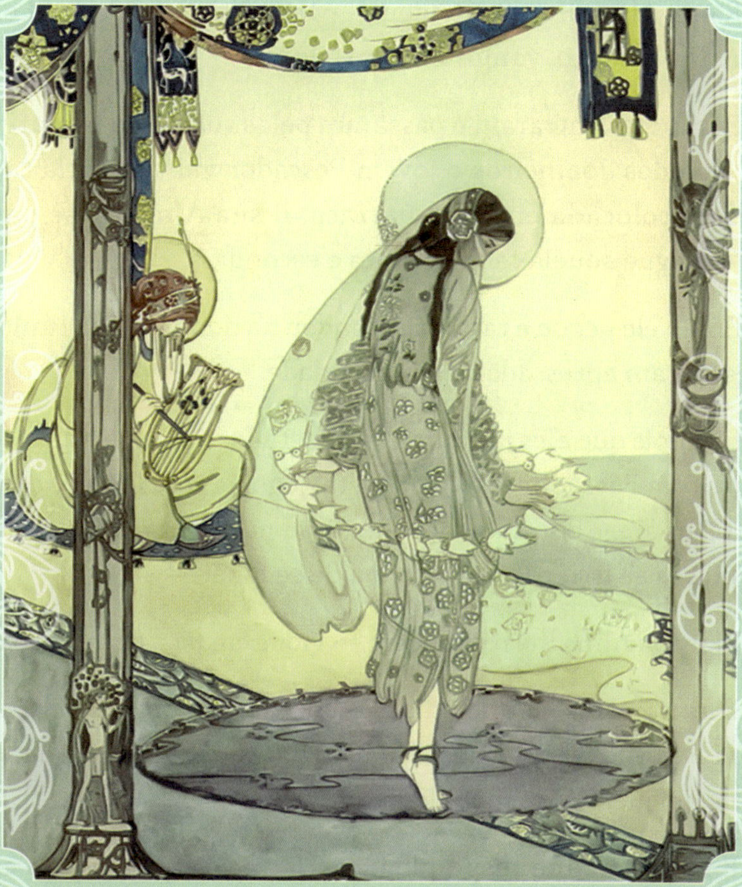

Então eles se apressaram e viajaram sob a lua a noite toda, e todo o dia seguinte eles viajaram sob o sol, e no fim da tarde daquele dia chegaram a uma cidade.

E o jovem Pescador perguntou à sua alma: — É nesta a cidade que dança aquela de quem você me falou?

E sua Alma lhe respondeu: — Não é nesta cidade, é em outra. No entanto, vamos entrar.

Então eles entraram e passaram pelas ruas, e ao passarem pela Rua dos Joalheiros o jovem Pescador viu uma bela taça de prata colocada em uma barraca. E sua Alma disse para ele: — Pegue aquela taça de prata e esconda-a.

Então ele pegou a taça e a escondeu na dobra de sua túnica, e eles saíram apressadamente da cidade.

E depois que eles já tinham se afastado uma légua da cidade, o jovem Pescador franziu a testa, jogou a taça longe e disse à sua Alma: — Por que você me disse para pegar esta taça e escondê-la se isso é uma coisa má de se fazer?

Mas sua Alma lhe respondeu: — Fique em paz, fique em paz.

E na noite do segundo dia eles chegaram a uma cidade, e o jovem Pescador disse à sua alma: — É nesta cidade que dança aquela de quem você me falou?

E sua Alma lhe respondeu: — Não é nesta cidade, é em outra. No entanto, vamos entrar.

Então eles entraram e passaram pelas ruas, e ao passarem pela Rua dos Vendedores de Sandálias, o jovem Pescador viu uma criança parada junto a um jarro de água. E sua alma lhe disse: — Bata naquela criança.

Então ele bateu na criança até que ela chorasse, e quando ele fez isso eles saíram apressadamente da cidade.

E depois que se afastaram uma légua da cidade, o jovem Pescador ficou furioso e disse à sua Alma: — Por que você me disse para bater na criança se isso é uma coisa má de se fazer?

Mas sua Alma lhe respondeu: — Fique em paz, fique em paz.

E na noite do terceiro dia eles chegaram a uma cidade, e o jovem Pescador disse à sua alma: — É nesta cidade que dança aquela de quem você me falou?

E sua Alma lhe respondeu: — Pode ser que seja nesta cidade, então, vamos entrar.

Então eles entraram e passaram pelas ruas, mas em nenhum lugar o jovem Pescador encontrou o rio ou a pousada que ficava ao seu lado. E as pessoas da cidade olharam para ele com curiosidade, e ele ficou com medo e disse à sua alma: — Vamos embora, pois aquela que dança e tem pés brancos não está aqui.

Mas sua Alma respondeu: — Não, vamos ficar aqui, pois a noite está escura e pode haver ladrões no caminho.

Então ele sentou-se na praça do mercado para descansar, e depois de um tempo passou um mercador encapuzado que tinha um manto de tecido da Tartária, e trazia uma lanterna de chifre perfurado na ponta de um cajado. E o comerciante disse a ele: — Por que você está sentado na praça, já que as barracas estão fechadas e os fardos amarrados?

E o jovem Pescador lhe respondeu: — Não encontro nenhuma pousada nesta cidade, nem tenho parente que possa me abrigar.

— Não somos todos parentes? — disse o mercador.

— E não foi um Deus que nos fez? Então, venha comigo, pois tenho um quarto de hóspedes.

Então o jovem Pescador se levantou e seguiu o mercador até sua casa. E quando ele passou por um jardim de romãs e entrou na casa, o mercador trouxe-lhe água de rosas em um prato de cobre para que ele pudesse lavar as mãos, e melões maduros para matar sua sede, e colocou uma tigela de arroz e um pedaço de cabrito assado diante dele.

Depois que ele terminou, o mercador o levou ao quarto de hóspedes e disse a ele que dormisse e descansasse. E o jovem Pescador agradeceu, beijou o anel que tinha na mão e atirou-se sobre os tapetes de pelo de cabra tingido. E ao se cobrir com um cobertor de lã preta de cordeiro, ele adormeceu.

Três horas antes do amanhecer, e enquanto ainda era noite, sua Alma o despertou e disse-lhe: — Levante-se e vá até o quarto do mercador, o mesmo quarto onde ele dorme, mate-o e pegue todo o ouro dele porque vamos precisar.

Então, o jovem Pescador levantou-se e foi silenciosamente em direção ao quarto do mercador. Sobre os pés do mercador havia uma espada curvada e a bandeja ao lado do mercador tinha nove bolsas de ouro. O Pescador estendeu a mão e tocou a espada, e quando ele a tocou, o mercador se assustou, acordou e saltando pegou a espada e gritou para o jovem Pescador: — Você está pagando bem com o mal, e ainda paga com derramamento de sangue pela bondade que lhe demonstrei?

E sua Alma disse ao jovem Pescador: — Bata nele — e ele o golpeou tão forte que o mercador desmaiou. Então o Pescador pegou as nove bolsas de ouro e fugiu apressadamente pelo jardim de romãs, voltando seu rosto para a estrela da manhã.

E quando eles se afastaram uma légua da cidade, o jovem Pescador bateu no peito e disse à sua Alma: — Por que você me mandou matar o mercador e tomar seu ouro? Certamente você é mau.

Mas sua Alma lhe respondeu: — Fique em paz, fique em paz.

— Não — exclamou o jovem Pescador —, como posso ficar em paz, se eu odeio tudo o que você me obrigou a fazer. Também odeio você e ordeno que me diga por que agiu desta maneira comigo.

E sua Alma lhe respondeu: — Quando você me mandou embora, não me deu um coração, então eu aprendi a fazer todas essas coisas e amá-las.

— O que você está dizendo? — murmurou o jovem Pescador.

— Você sabe muito bem — respondeu a Alma —, sabe muito bem. Você esqueceu que não me deu um coração? Eu não esqueci. E, portanto, não vou me incomodar e você também não se incomode, mas fique em paz, pois não há dor que nunca se acabe, nem prazer que você não possa obter.

Ao ouvir essas palavras o jovem Pescador estremeceu e disse à sua Alma: — Não, você é perversa, e me fez esquecer do meu amor, colocou tentações diante de mim e desviou meus pés para os caminhos do pecado.

E sua Alma respondeu: — Não se esqueça que quando me mandou embora do mundo não me deu um coração. Venha, vamos nos divertir em outra cidade, pois temos nove bolsas de ouro.

Mas o jovem Pescador pegou as nove bolsas de ouro, jogou-as no chão e as pisoteou.

— Não — ele gritou —, não tenho nada a ver com você, nem viajarei com você para nenhum lugar. Vou mandar-lhe embora como já fiz antes, pois você não me fez bem nenhum.

—Ele virou as costas para a lua, e com a pequena faca que tinha o cabo de pele de serpente verde ele se esforçou para cortar de seus pés aquela sombra do corpo que é o corpo da Alma.

No entanto, sua Alma não saiu dele, nem prestou atenção ao seu comando, e disse-lhe: — O feitiço que a Feiticeira lhe ensinou não vale mais, pois eu não posso deixá-lo, nem você pode me expulsar. Uma vez na vida um homem pode mandar sua alma embora, mas aquele que a recebe de volta deve mantê-la com ele para sempre, e este é seu castigo e sua recompensa.

E o jovem Pescador empalideceu e apertou as mãos e gritou: — Ela era uma Feiticeira falsa porque não me disse isso.

— Não — respondeu sua Alma —, ela foi fiel Àquele que ela adora, e de quem ela será serva eternamente.

Quando o jovem Pescador percebeu que não podia mais se livrar de sua Alma, e que era uma Alma má e ficaria com ele para sempre, caiu no chão chorando amargamente.

****

E quando amanheceu o jovem Pescador levantou-se e disse à sua Alma: — Vou amarrar minhas mãos para não cumprir suas ordens, fecharei meus lábios para não falar suas palavras e voltarei ao lugar onde aquela que eu amo tem sua morada. Voltarei para o mar e para a pequena baía onde ela costuma cantar, e vou chamá-la e contar-lhe o mal que fiz e o mal que você me fez.

E sua Alma tentou-o e disse: — Quem é o seu amor, para

que você volte para ela? O mundo tem jovens muitos mais belas do que ela. Há as dançarinas de Samaris que dançam igual a todos os tipos de pássaros e animais. Seus pés são pintados com henna, e em suas mãos elas carregam sininhos de cobre. Elas riem enquanto dançam, e seu riso é tão claro quanto o riso da água. Venha comigo e eu as mostrarei a você. Qual é esse seu problema com as coisas pecaminosas? O que é agradável ao paladar não foi feito para quem come? Existe algum veneno no que é doce para beber? Não fique aflito, venha comigo para outra cidade. Há uma pequena cidade perto da qual há um jardim de árvores de tulipa. E habitam neste belo jardim pavões brancos e pavões de peito azul. Quando abrem suas caudas ao sol são como discos de marfim e discos dourados. E aquela que os alimenta dança para eles, e às vezes dança com as mãos e outras vezes dança com os pés. Os olhos dela são pintados com antimônio e suas narinas têm a forma de asas de uma andorinha. Em um pequeno gancho em uma de suas narinas fica pendurada uma flor esculpida em uma pérola. Ela ri enquanto dança, e os anéis de prata que estão em torno de seus tornozelos tilintam como sinos de prata. Então, pare de se atormentar e venha comigo para esta cidade.

Mas o jovem Pescador não respondeu à sua Alma, ele fechou os lábios com o selo do silêncio, com uma corda apertada amarrou suas mãos e voltou para o lugar de onde tinha vindo, até a pequena baía onde seu amor costumava cantar. E a sua Alma continuou a tentá-lo pelo caminho, mas ele não respondeu, nem fez nenhuma das maldades que ela procurava induzi-lo a fazer, tão grande era o poder do amor que estava dentro dele.

E quando ele chegou na praia, soltou a corda de suas mãos, tirou o selo do silêncio de seus lábios e chamou a pequena Sereia.

Mas ela não atendeu ao seu chamado, embora ele a chamasse e implorasse o dia todo.

E sua Alma zombou dele dizendo: — Com certeza você deve ter pouca alegria com seu amor. Você é como alguém que na hora da morte derrama água em um vaso quebrado. Você dá o que tem e não recebe nada em troca. Seria melhor que você viesse comigo, pois sei onde fica o Vale do Prazer e conheço as coisas que são feitas lá.

Mas o jovem Pescador não respondeu à sua Alma, e em uma fenda da rocha construiu para si uma casa de pau a pique, e ali permaneceu pelo espaço de um ano. E todas as manhãs ele chamava a Sereia, ao meio-dia ele a chamava novamente, e à noite ele falava o nome dela. No entanto, ela nunca emergiu do mar para encontrá-lo, e ele não conseguiu encontrá-la em nenhum lugar do mar, embora a procurasse nas cavernas e nas águas verdes, nas piscinas da maré e nos poços que ficam nas profundezas.

E sua Alma sempre o tentava com o mal e sussurrava coisas terríveis. No entanto, não conseguia convencê-lo, tão grande era o poder de seu amor.

E depois que o ano terminou, a Alma pensou consigo mesma: — Eu tentei meu mestre com o mal, e seu amor é mais forte do que eu. Vou tentá-lo agora com o bem, e pode ser que ele venha comigo.

Então ela falou com o jovem Pescador e disse: — Tenho falado sobre a alegria do mundo, e você se faz de surdo. Deixe-me contar sobre a dor do mundo e pode ser que você me ouça. Na verdade, a dor é a Senhora deste mundo, não há quem escape de suas redes. Há alguns que carecem de roupas e outros que carecem de pão. Há viúvas que se assentam em púrpura e outras que se assentam em trapos. Os leprosos andam de um lado para o outro dos pântanos e são cruéis uns com os outros. Os mendigos caminham pelas estradas e seus bolsos estão sempre vazios. Pelas ruas das cidades caminha a Fome, e a Peste está em seus portões. Venha, vamos consertar essas coisas e fazer com que elas não causem tanto mal. Por que você precisa ficar aqui chamando o seu amor, já que ela não atende ao seu chamado? E o que é o amor, por que você dá tanta importância a ele?

Mas o jovem Pescador não respondeu nada, tão grande era o poder do seu amor. E todas as manhãs ele chamava a Sereia, ao meio-dia ele a chamava novamente, e à noite ele falava o nome dela. No entanto, ela nunca emergiu do mar para encontrá-lo, e ele não conseguiu encontrá-la em nenhum lugar do mar, embora a procurasse nos rios que saem do mar, e nos vales que estão sob as ondas, no mar que a noite torna púrpura, e no mar que a aurora deixa cinza.

E depois que o segundo ano terminou, a Alma disse ao jovem Pescador à noite, e enquanto ele estava sentado sozinho na casa de pau-a-pique: — Muito bem, já lhe tentei com o mal e com o bem, e o seu amor é mais forte do que eu. Portanto, não lhe tentarei mais, mas vou lhe pedir que me permita entrar em seu coração, para que sejamos um só como antes.

— Pode entrar com toda certeza — disse o jovem Pescador —, pois nos dias em que você percorria o mundo sem coração, deve ter sofrido muito.

— Pobre de mim! — gritou sua Alma. — Não consigo encontrar nenhum lugar de entrada, pois seu coração está completamente cercado de amor.

— Ainda assim, gostaria de poder ajudá-la — disse o jovem Pescador.

E enquanto ele falava veio um grande gemido do mar, o mesmo gemido que os homens ouvem quando morre alguém do povo do Mar. E o jovem Pescador deu um pulo, saiu de sua casa de pau a pique e correu até a praia. Ondas negras vinham em direção à praia, trazendo consigo um fardo que era mais branco do que prata. Branco como a rebentação era o fardo, e balançava como uma flor nas ondas. E a rebentação o tirou das ondas, e a espuma o tirou da rebentação, e a areia o recebeu, e deitado a seus pés o jovem Pescador viu o corpo da pequena Sereia. Ela estava ali, morta aos pés dele.

Chorando como alguém ferido pela dor, ele se jogou ao lado dela, e beijou seus lábios vermelhos e frios, brincando com seus cabelos úmidos da cor de âmbar. Atirou-se ao lado dela na areia, chorando como quem treme de alegria, e em seus braços bronzeados a segurou contra o peito. Os lábios dela estavam frios, mas ele os beijou mesmo assim. O mel dos cabelos era puro sal e ele o provou com uma alegria amarga. Beijou as pálpebras fechadas e a umidade que estava sobre elas era menos salgada do que as lágrimas que ele derramava.

E para a Sereia morta ele fez sua confissão. Nas conchas dos ouvidos dela ele derramou o vinho áspero de sua história. Colocou as mãozinhas dela em volta do seu próprio pescoço e com os dedos tocou o delicado pescoço de sua amada. Amarga, amarga era sua alegria, e cheia de estranha alegria era sua dor.

O mar negro se aproximava e a espuma branca gemia como um leproso. Com garras brancas de espuma o mar chegava na areia. Do palácio do Rei do Mar veio o lamento de novo, e lá das profundezas do mar os grandes Tritões sopraram roucamente suas trompas.

— Fuja — disse a Alma —, o mar está se aproximando cada

vez mais, e se você demorar, ele lhe matará. Fuja, pois tenho medo, já que seu coração está fechado para mim por causa da grandeza de seu amor. Fuja para um local seguro. É claro que você não me enviará sem coração para outro mundo, não é?

Mas o jovem Pescador nem ouviu o que sua alma lhe disse. Ele simplesmente chamou a pequena Sereia e falou: — O amor é melhor que a sabedoria, mais precioso que as riquezas e mais belo que os pés das filhas dos homens. O fogo não pode destruí--lo, nem as águas podem apagá-lo. Eu a chamei ao amanhecer, e você não atendeu ao meu chamado. A lua ouviu seu nome, mas você não me deu atenção. Por maldade eu lhe abandonei e para minha própria dor eu me afastei. No entanto, o seu amor sempre esteve comigo, e sempre foi forte, e nada prevaleceu contra ele, embora eu tenha visto o mal e o bem. E agora que está morta, com certeza morrerei junto com você.

Sua Alma implorou que ele partisse, mas ele não quis, tão grande era seu amor. E o mar se aproximou e tentou cobri-lo com suas ondas, e quando ele percebeu que o fim estava próximo, beijou loucamente os frios lábios da Sereia, e o coração que estava dentro dele se partiu. E quando, através da plenitude de seu amor seu coração se partiu, a Alma encontrou uma brecha e entrou, e tornaram-se um só como era antes. Então, o mar cobriu o jovem Pescador com suas ondas.

****

Pela manhã o Padre saiu para abençoar o mar, porque estava agitado. E com ele vieram os monges e os músicos, algumas pessoas carregando candelabros, outras carregando incensos, era um grupo bem grande.

E quando o Padre chegou à praia viu o jovem Pescador afogado na rebentação das ondas, e em seus braços estava o corpo da pequena Sereia. Ele recuou franzindo a testa, fez o sinal da cruz e clamando em voz alta disse: — Não abençoarei o mar nem nada que está nele. Maldito seja o povo do mar e malditos sejam todos os que se envolvem com eles. E quanto a este homem aqui que em nome do amor abandonou a Deus e aqui jaz, com sua amante, morto pelo julgamento de Deus, peguem seu corpo e o corpo de sua amante e enterrem em um canto do Campo dos Espezinhados, e não coloquem nenhuma marca e nenhum sinal indicando quem são eles, para que ninguém saiba o lugar do seu descanso. Pois amaldiçoados foram eles em suas vidas, e amaldiçoados serão também em suas mortes.

E as pessoas fizeram como ele lhes havia ordenado, e no canto do Campo dos Espezinhados, onde não crescia nenhum tipo de ervas doces, eles cavaram uma cova profunda e colocaram os mortos dentro dela.

E passado o terceiro ano, em um dia considerado santo, o Padre foi até a capela, para mostrar ao povo as chagas do Senhor, e falar-lhes da ira de Deus. E quando ele colocou suas vestes, entrou e se curvou diante do altar, ele viu que o altar estava coberto com flores diferentes que nunca haviam sido vistas antes. Eram estranhas de se olhar e tinham uma beleza curiosa, e essa beleza o perturbava, e seu perfume era doce ao seu olfato. E ele se sentiu feliz, e não entendia por que estava feliz.

Depois que ele abriu o tabernáculo e incensou o ostensório que estava nele, mostrou a hóstia formosa ao povo e escondeu-a novamente atrás do véu de véus; em seguida, começou a falar para as pessoas, desejando falar-lhes da ira de Deus. Mas a beleza das flores brancas o perturbava, e seu perfume era doce para seu olfato, e outra palavra veio em seus lábios, e ele não falou da ira de Deus, mas do Deus cujo nome é Amor.

E ele não conseguia entender o motivo pelo qual estava falando daquela maneira.

E quando terminou de falar o povo chorou, e o Padre voltou para a sacristia, e seus olhos estavam cheios de lágrimas. E os diáconos entraram e começaram a tirar os paramentos dele, tiraram a alva e o cinto, o manípulo e a estola. E ele continuou ali em pé, como se estivesse em um sonho.

E depois que eles o tiraram suas vestes, ele olhou para eles e disse: — Que flores são aquelas que estão no altar, e de onde elas vieram?

E eles responderam: — Não sabemos dizer que tipo de flores são elas, mas vêm do canto do Campo dos Espezinhados. — O Padre estremeceu, voltou para sua casa e foi rezar.

Bem cedo de manhã, enquanto ainda era madrugada, ele saiu com os monges e os músicos, algumas pessoas carregando candelabros, outras carregando incensos, um grupo bem grande, e veio até a praia, abençoou o mar e todas as coisas selvagens que estão nele. Também abençoou os faunos, as pequenas coisas que dançam na floresta e as coisas de olhos brilhantes que espreitam através das folhas. Todas as coisas no mundo de Deus ele abençoou, e as pessoas ficaram cheias de alegria e admiração. No entanto, nunca mais no canto do Campo dos Espezinhados cresceram flores de qualquer tipo, e o campo permaneceu estéril como era antes. O povo do Mar nunca mais voltou a entrar na baía como costumavam fazer, pois escolheram outra parte do mar para visitar.

O FILHO DAS ESTRELAS

PARA SENHORITA MARGOT TENNANT
(*Sra. Asquith*)

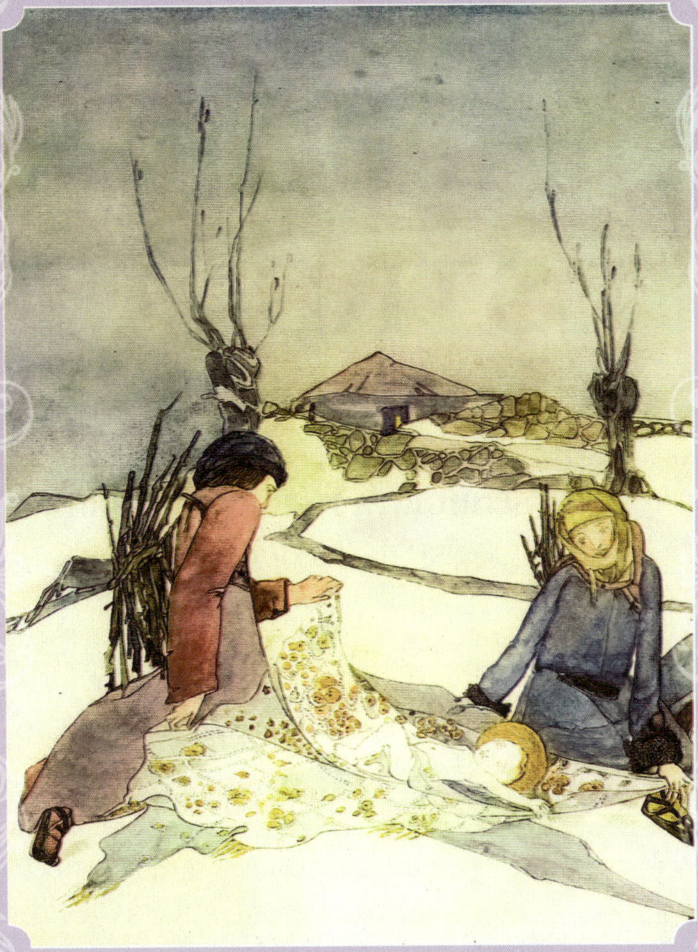

Era uma vez dois pobres Lenhadores que estavam voltando para casa e atravessavam uma grande floresta de pinheiros. Era inverno e uma noite de frio intenso. A neve espessa cobria o chão e os galhos das árvores; enquanto eles passavam pelo caminho, a geada fazia os galhos estalarem de todos os lados e quando chegaram à Corrente da Montanha ela estava suspensa no ar, imóvel, pois o Rei Gelado a tinha beijado.

Estava tão frio que nem os animais e nem os pássaros sabiam o que fazer.

— Ugh! — rosnou o Lobo, enquanto mancava pelo mato com o rabo entre as pernas. — Este é um clima perfeitamente monstruoso. Por que o governo não olha para isso?

— Piu! Piu! Piu! — cantaram os Pintarroxos verdes. — A velha Terra está morta e eles a deitaram em sua mortalha branca.

— A Terra vai se casar, e este é o vestido de noiva dela — sussurraram as Rolinhas umas para as outras. Seus pezinhos rosados estavam bastante congelados, mas elas achavam que era seu dever ter uma visão romântica da situação.

— Bobagem! — rosnou o Lobo. — Eu lhes digo que é tudo culpa do governo, e se não acreditam em mim, comerei todos vocês. — O Lobo tinha uma mente completamente prática e nunca ficava sem um bom argumento.

— Bem, da minha parte — disse o Pica-pau, que era um filósofo nato —, não me importo com uma teoria atômica para explicações. Se uma coisa é assim, é assim, e no momento está terrivelmente frio.

Realmente estava um frio terrível. Os pequenos Esquilos, que viviam dentro do abeto, não paravam de esfregar o nariz um do outro para se aquecer, e os Coelhos se enroscavam em suas tocas e não ousavam nem olhar para fora. As únicas criaturas que pareciam gostar eram as grandes corujas de chifres. Suas penas ficavam totalmente rígidas com a geada, mas elas não se importavam, e reviravam seus grandes olhos amarelos gritando uma para a outra pela floresta: — Uuu! Uhu! Uuu! Uhu! que tempo delicioso está fazendo!

Os dois lenhadores continuaram a caminhar, soprando vigorosamente sobre os dedos e pisando sobre os blocos de neve com suas enormes botas com sola de ferro. Em certo momento eles mergulharam em uma imensa nevasca e ficaram tão brancos quanto os moleiros, quando estão moendo as pedras; outra vez escorregaram no gelo duro e liso onde a água do pântano estava congelada, seus feixes caíram de seus fardos, e eles tiveram que pegá-los e amarrá-los novamente; houve uma certa hora que eles pensaram ter perdido o caminho, e um grande terror se abateu sobre deles, pois sabiam que a Neve é cruel com aqueles que dormem em seus braços. Mas confiaram no bom São Martinho, que toma conta de todos os viajantes, e refizeram seus passos, foram cautelosos, e finalmente chegaram à entrada da floresta e viram, no vale abaixo deles, as luzes do vilarejo onde moravam.

Eles ficaram tão felizes por ter conseguido chegar que riram alto, e a Terra lhes pareceu como uma flor de prata, e a Lua como uma flor de ouro.

No entanto, depois de rirem, ficaram tristes, pois se lembraram de sua pobreza, e um deles disse ao outro: — Por que estamos alegres, já que a vida é para os ricos e não para aqueles como nós? Melhor que tivéssemos morrido de frio na floresta, ou que algum animal selvagem tivesse investido contra nós e nos matado.

— Na realidade — respondeu seu companheiro —, muito é dado a poucos e pouco é dado a todos os outros. A injustiça dividiu o mundo, mas não existe divisão igual, exceto da tristeza.

Mas enquanto eles estavam lamentando sua miséria um para o outro, aconteceu uma coisa estranha. Caiu do céu uma estrela muito brilhante e bonita. Ela veio deslizando pelo céu, passando pelas outras estrelas em seu curso e, enquanto eles a observavam maravilhados, pareceu-lhes que ela mergulhou em uma moita de salgueiros que ficava perto de um pequeno curral bem próximo dali.

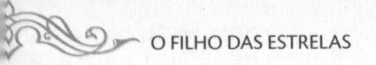

— Ora! O pote de ouro fica com aquele que o encontrar — gritaram e saíram correndo, tão ansiosos que estavam pelo ouro.

E um deles correu mais rápido que seu companheiro, o ultrapassou, e forçou sua passagem através dos salgueiros, e saiu do outro lado, e, vejam só!, havia de fato algo dourado sobre a neve branca. Então ele se apressou em direção à coisa e, abaixando-se, tocou-a e viu que era um manto de tecido dourado, curiosamente bordado com estrelas e envolto em muitas dobras. E ele gritou avisando seu companheiro que havia encontrado o tesouro que caíra do céu, e quando seu companheiro chegou, eles se sentaram na neve e soltaram as dobras do manto para que pudessem dividir os pedaços de ouro. Mas, puxa vida!, ali não havia ouro, nem prata, nem mesmo tesouros de qualquer espécie, apenas uma criancinha que estava dormindo.

Então, um disse ao outro: — Esse é um final amargo para nossas esperanças, não tivemos muita sorte, pois que adianta uma criança para um homem? Vamos deixá-la aqui e continuar nosso caminho, pois somos pobres, e já temos nossos próprios filhos, de quem não vamos tirar o pão para dar a outra criança.

— Não, é um ato de maldade deixar a criança para morrer aqui na neve, e muito embora eu seja tão pobre quanto você, e tenha muitas bocas para alimentar, e muito pouco na panela, mesmo assim eu a levarei para casa, e minha mulher há de cuidar dela.

E com muito carinho pegou a criança, enrolou o manto em volta dela para protegê-la do vento impiedoso, e foi descendo a colina até o vilarejo, com seu companheiro espantado diante de sua imensa tolice e da moleza de seu coração.

— Você ficou com a criança, então me dê o manto, pois o certo é que compartilhemos tudo.

— Não, pois o manto não é nem seu nem meu, mas da própria criança — e desejando-lhe que fosse com Deus, foi para sua casa e bateu na porta.

Quando sua mulher abriu a porta e viu que o marido voltara para casa a salvo, ela jogou os braços ao redor do pescoço dele e o beijou, tirou-lhe das costas o feixe de lenha, limpou a neve de suas botas e pediu-lhe que entrasse.

Porém ele disse: — Encontrei uma coisa na floresta e trouxe para que você cuide dela — e não arredou pé da soleira da porta.

— O que é? — exclamou ela — Mostre-me, pois a casa está vazia e temos necessidade de muitas coisas.

E ele, jogando o manto em suas próprias costas, mostrou-lhe a criança adormecida.

— Deus do céu, meu marido! — murmurou ela — Nós já não temos filhos o suficiente, e você ainda precisa trazer um pobre rejeitado para se esquentar junto a nossa lareira? Quem sabe se ele não pode nos trazer má sorte? Como vamos cuidar dele? — e ficou furiosa com seu marido.

— Não diga isso, esta criança é um Filho das Estrelas — ele respondeu e contou a ela a estranha maneira que o encontraram.

Mas ela não se acalmou e continuou a discutir com ele, falando com raiva e gritando: — Nossos filhos não têm pão, e agora vamos ter que alimentar o filho de outra pessoa? Quem é que cuida de nós? E quem nos dá comida?

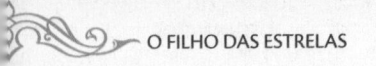

— Ora, Deus cuida até dos pardais, e os alimenta — respondeu ele.

— E os pardais não morrem de fome no inverno? — perguntou-lhe a mulher — E não é inverno agora?

Então o marido não respondeu nada, mas não arredou o pé da soleira da porta. Um vento cortante entrou pela porta aberta fazendo a mulher tremer. Ela sentiu um arrepio e disse:

— Por que não fecha essa porta? O vento que entra está gelado, e estou com frio.

— Na casa onde o coração é duro o vento não é sempre gelado? — perguntou ele.

A mulher não respondeu nada e chegou mais perto do fogo.

Depois de algum tempo ela olhou para a criança, com os olhos cheios de lágrimas, e ele logo entrou e colocou a criança nos braços dela; ela a beijou, colocando-a na caminha onde estava deitado o filho caçula do casal. Na manhã seguinte, o Lenhador pegou o curioso manto dourado e colocou-o em uma grande arca; também guardou um grande colar de contas de âmbar que estava no pescoço da criança.

****

E assim o Filho das Estrelas foi criado com os filhos do Lenhador, sentando-se à mesa com eles e sendo seu companheiro de brincadeiras.

A cada ano ele ficava mais bonito, de modo que todos os que moravam no vilarejo ficavam espantados, pois enquanto os outros eram morenos de cabelos negros, ele era branco e delicado como marfim polido, e seus cachos pareciam anéis de narciso. Seus lábios eram como pétalas de uma flor vermelha, seus olhos eram como violetas que nascem junto ao regato de água pura, e seu corpo era como o narciso que cresce no campo onde a relva nunca é cortada.

Porém sua beleza lhe fez muito mal e o tornou em uma pessoa orgulhosa, cruel e egoísta. Ele desprezava os filhos do Lenhador e as outras crianças do vilarejo, dizendo que eram de pais humildes, enquanto ele era nobre, já que nascera de um Estrela; e por isso considerava-se senhor de todos eles, tratando-os como seus servos. Não tinha nenhuma piedade para com os pobres, nem com os que eram cegos, aleijados, ou de algum modo deficientes; pelo contrário, ele atirava pedras em todos para espantá-los em direção à estrada, dizendo que fossem mendigar seu pão em outro lugar. De modo que ninguém, a não ser os bandidos, costumava voltar duas vezes ao vilarejo para pedir esmolas. Ele parecia, na verdade, enamorado pela beleza, debochando dos fracos e feios e zombando de todos; ele amava a si mesmo, e no verão, quando não havia vento, ficava deitado junto à nascente no pomar do padre, olhando para água a fim de ver seu próprio rosto, rindo do prazer que sentia em ser tão belo.

Muitas vezes o Lenhador e sua mulher o repreendiam dizendo:

— Nós não o tratamos como você trata os outros que estão desamparados e não têm quem os socorra. Por que você é tão cruel com todos aqueles que precisam de piedade?

Muitas vezes o velho padre mandava chamá-lo e procurava ensinar-lhe o amor através de exemplos de coisas vivas, dizendo-lhe: — A mosca é sua irmã. Não lhe faça mal. Os pássaros selvagens que voam pela floresta têm sua liberdade. Não os aprisione somente para o seu prazer. Deus fez o verme cego e a toupeira, e cada um tem seu lugar. Quem é você para trazer dor ao mundo de Deus? Até o gado do campo louva a Deus.

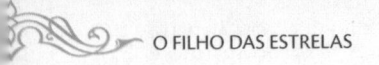

Mas o Filho das Estrelas não dava atenção às suas palavras, franzia a testa e, fazendo-se de desentendido, voltava para a companhia dos outros meninos, a quem ele comandava. Seus companheiros o seguiam, pois ele era lindo, rápido na corrida, sabia dançar, tocar flauta e compor música. Onde quer que o Filho das Estrelas os levasse, eles o seguiam, e o que quer que o Filho das Estrelas lhes mandasse fazer, eles faziam. Quando ele furou com uma vara pontiaguda os olhos da toupeira, eles riram; e quando ele atirou pedras em um leproso, eles também riram. Em todas as coisas era ele quem os guiava, e seus corações foram ficando tão duros quanto o dele.

****

Um dia passou pelo vilarejo uma pobre mendiga. Suas roupas estavam rasgadas e esfarrapadas, e seus pés sangravam da estrada cheia de pedras na qual ela havia viajado, e ela estava em uma situação muito ruim. E, cansada, sentou-se debaixo de um castanheiro para descansar.

Mas quando o Filho das Estrelas a viu, disse a seus companheiros:

— Olhem! Lá está sentada uma mendiga imunda debaixo daquele lindo castanheiro com suas folhas verdes. Venham, vamos expulsá-la daqui, porque ela é feia e maltrapilha.

Então ele se aproximou, atirando-lhe algumas pedras e

zombando dela; ela ficou apavorada, mas nem por um instante tirou dele o seu olhar. Quando o Lenhador, que estava cortando lenha ali por perto, viu o que o Filho das Estrelas estava fazendo, veio correndo e repreendeu-lhe, dizendo:

— Você tem mesmo um coração de pedra e não sabe o que é piedade, pois que mal lhe fez essa pobre mulher para que você a trate desse modo?

O Filho das Estrelas ficou vermelho de raiva, bateu com o pé no chão e disse:

— Quem é você para questionar o que eu faço? Não sou seu filho para ter de obedecê-lo.

— É verdade — respondeu o Lenhador — mas eu tive misericórdia de você quando o encontrei na floresta.

Quando a mendiga ouviu essas palavras, deu um grito e caiu desmaiada. O Lenhador carregou-a para dentro de casa, a mulher dele cuidou dela, e quando ela voltou a si do desmaio eles lhe ofereceram comida e bebida para que se sentisse reconfortada.

Sem querer comer nem beber, ela disse ao Lenhador:

— O senhor disse que a criança foi encontrada na floresta? E hoje não faz exatamente dez anos que isso aconteceu?

Então o Lenhador respondeu:

— Sim, foi na floresta que o encontrei, e hoje faz exatamente dez anos.

— E que sinais encontrou com ele? — exclamou ela — Ele não trazia um colar de âmbar no pescoço? Não estava enrolado em manta de tecido dourado, bordado com estrelas?

— É verdade — respondeu o Lenhador — foi exatamente assim como a senhora está dizendo — e, pegando o colar e a manta na arca, mostrou-os a ela.

— Ele é meu filhinho que perdi na floresta. Peço-lhe que mande chamá-lo agora, pois tenho andado o mundo todo à procura dele.

Então o Lenhador e sua mulher saíram para chamar o Filho das Estrelas e lhe disseram:

— Entre em casa para encontrar sua mãe que está lhe esperando.

Ele entrou correndo, espantado e muito feliz. Porém ao ver quem esperava lá dentro, ele riu com desdém dizendo: — Bem, onde está minha mãe? Pois aqui não vejo ninguém se não essa mendiga.

E a mulher respondeu-lhe:

— Eu sou a sua mãe.

— Está louca, como pode dizer uma coisa dessas — gritou o Filho das Estrelas com raiva — Não sou seu filho, pois você não passa de uma mendiga. É muito feia e maltrapilha, portanto, saia já daqui, porque não quero ver sua cara horrenda.

— Não diga isso, você é realmente meu filhinho, a quem dei à luz na floresta — ela disse, e caiu de joelhos estendendo os braços para ele. — Os ladrões roubaram você de mim e lhe abandonaram para morrer — ela murmurou — mas eu reconheci você quando lhe vi, também reconheci os sinais, o manto de tecido dourado e o colar de âmbar. Portanto, rogo-lhe que

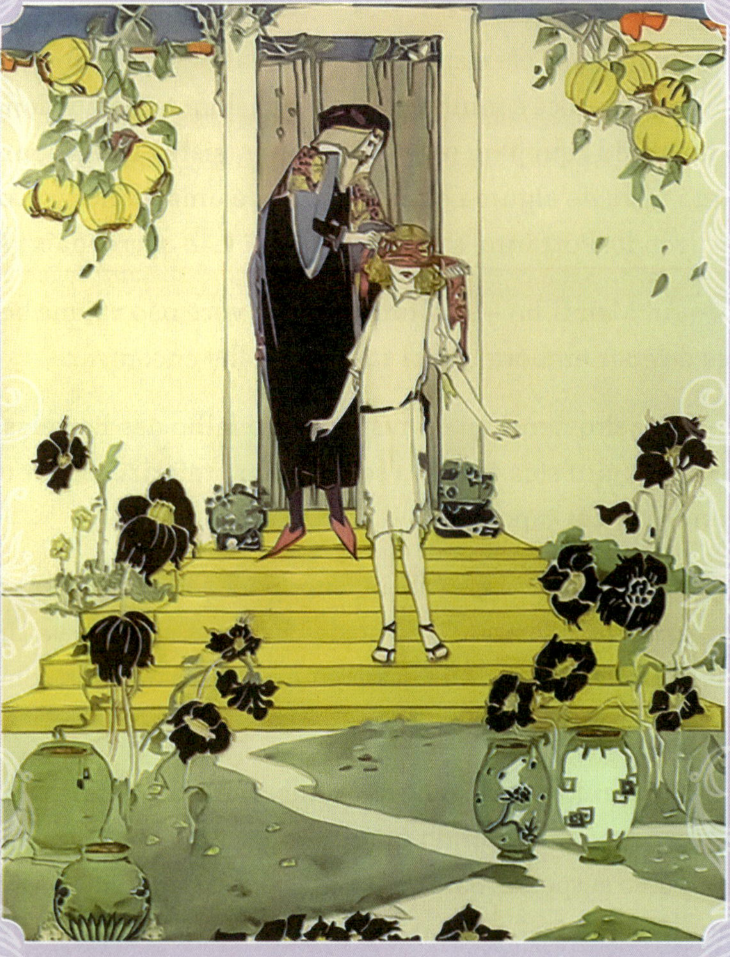

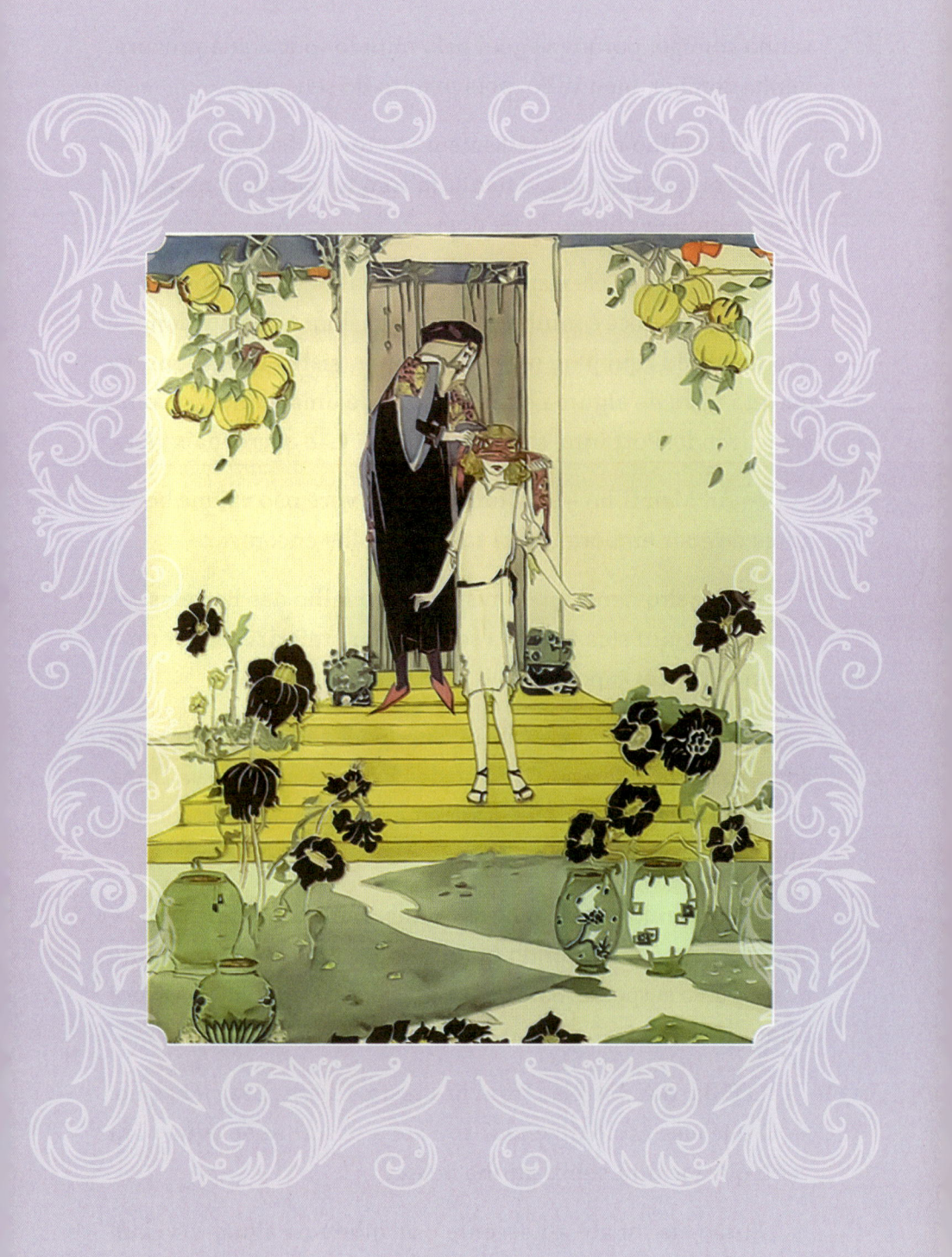

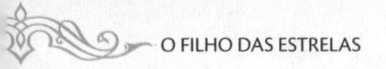

venha comigo, porque vaguei pelo mundo todo à sua procura. Venha comigo, meu filho, pois preciso do seu amor.

Mas o Filho das Estrelas nem se moveu, fechou as portas de seu coração para ela, e nenhum som foi ouvido a não ser o som da mulher chorando de dor.

E, finalmente, ele respondeu com uma voz dura e amarga: — Se na verdade você é minha mãe, seria melhor ter ficado longe e não ter vindo aqui para me envergonhar, visto que eu pensava que era filho de alguma estrela, e não de uma mendiga, como está dizendo. Portanto, saia daqui porque não quero mais vê-la.

— Ai! Meu filho — ela implorou —, você não vai me beijar antes de eu ir embora? Sofri tanto para lhe encontrar.

— De jeito nenhum — respondeu o Filho das Estrelas —, você está muito suja até para se olhar, eu preferiria beijar uma serpente ou um sapo.

Então a mulher se levantou e foi para a floresta chorando amargamente, e quando o Filho das Estrelas viu que ela tinha ido embora, ele ficou feliz e correu de volta para seus companheiros para brincar com eles.

Mas quando o viram chegar, zombaram dele e disseram: — Ora, você está tão imundo quanto um sapo e tão repugnante quanto uma serpente. Saia daqui, pois não deixaremos que você brinque conosco — e eles o expulsaram do jardim.

O Filho das Estrelas franziu a testa e disse para si mesmo: — O que eles estão dizendo? Irei até a nascente de água para ver o que me dirá sobre minha beleza.

Então ele foi até a nascente e se olhou na água, e, vejam

só!, seu rosto estava igual ao rosto de um sapo, e seu corpo estava cheio de escamas como uma cobra. Ele se jogou na grama e começou a chorar, dizendo a si mesmo: — Certamente isso aconteceu comigo por causa do meu pecado. Pois eu neguei minha mãe, e a mandei embora, fui orgulhoso e cruel com ela. Portanto, irei procurá-la por todo o mundo, e não descansarei até encontrá-la.

Então, a filhinha do Lenhador veio até ele, colocou a mão em seu ombro e disse: — Que importa se você perdeu sua beleza? Fique conosco, e não iremos zombar de você.

E ele respondeu: — Não posso, fui muito cruel com minha mãe, e como punição recebi este castigo. Tenho que ir embora daqui e vagar pelo mundo até encontrá-la para que me dê seu perdão.

Então ele fugiu para a floresta e começou a chamar por sua mãe, mas não houve resposta. Durante todo o dia ele a chamou e, quando o sol se pôs, ele se deitou para dormir em uma cama de folhas, e os pássaros e os animais fugiram dele, pois se lembraram de sua crueldade, e ele ficou totalmente sozinho, exceto pelo sapo que o observava, e a serpente lenta que passava rastejando do seu lado.

De manhã ele se levantou, arrancou algumas bagas amargas das árvores e as comeu, seguindo seu caminho através da grande floresta e chorando muito. E a todos que encontrava ele perguntava se por acaso não tinham visto sua mãe.

Ele disse à Toupeira: — Você pode olhar embaixo da terra e me contar se minha mãe está aí?

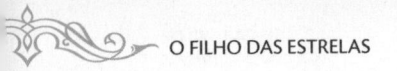

E a Toupeira respondeu: — Você cegou meus olhos. Como poderia saber?

Ele perguntou ao Pintarroxo: — Você pode voar sobre as copas das árvores altas e ver o mundo inteiro. Diga-me, você consegue ver minha mãe?

E o Pintarroxo respondeu: — Como posso voar se você cortou minhas asas por puro prazer?

E para o pequeno esquilo que morava no abeto e estava sozinho, ele perguntou: — Onde está minha mãe?

E o Esquilo respondeu: — Você matou a minha. Agora está procurando a sua para matá-la também?

E o Filho das Estrelas chorou e abaixou a cabeça, rezou pedindo perdão a Deus pelas coisas que havia feito, e foi pela floresta, procurando a mendiga. E no terceiro dia ele chegou ao outro lado da floresta e desceu para a planície.

E quando ele passava pelos vilarejos, as crianças zombavam dele e lhe atiravam pedras, e os camponeses não o deixavam nem mesmo dormir nos estábulos para que ele não estragasse o milho armazenado, de tão sujo que ele estava; os empregados dos camponeses o expulsavam e ninguém se compadecia dele. Também não conseguia saber nada sobre a mendiga que era sua mãe, embora pelo espaço de três anos tenha vagado pelo mundo, e muitas vezes parecia vê-la na estrada à sua frente, e a chamava e corria atrás dela até que as pedras afiadas faziam seus pés sangrarem. Mas ele não podia alcançá-la, e aqueles que moravam no caminho sempre negavam que a tivessem visto, ou alguém parecido com ela, e zombavam de sua tristeza.

Durante três anos ele vagou pelo mundo, e no mundo não havia amor, nem benevolência, nem caridade para com ele, porém era o mesmo mundo que ele havia feito para si mesmo nos seus dias de grande soberba.

****

Certa noite ele chegou ao portão de uma cidade toda protegida por muros que ficava perto de um rio e, cansado e com os pés doloridos, ele tentou entrar. No entanto, os soldados que estavam de guarda cruzaram suas lanças fechando a entrada e disseram rudemente para ele: — O que você está fazendo aqui na cidade?

— Estou procurando por minha mãe — ele respondeu — e imploro que me deixem passar, pois pode ser que ela esteja nesta cidade.

Mas eles zombaram dele, e um deles sacudindo sua barba negra, abaixou o escudo e gritou: — Na verdade, sua mãe não ficará feliz ao vê-lo porque você é mais feio do que o sapo do brejo ou que a serpente que rasteja no pântano. Vá embora. Vá embora daqui. Sua mãe não mora nesta cidade.

E outro, que segurava uma bandeira amarela na mão, disse-lhe:— Quem é sua mãe, e por que você a está procurando?

E ele respondeu: — Minha mãe é uma mendiga assim como eu, e eu a tratei mal, e imploro que me deixem passar para que ela possa me perdoar, se ela estiver nesta cidade — Mas eles não quiseram deixá-lo passar e o espetaram com suas lanças.

E, enquanto ele se afastava chorando, alguém cuja armadura estava incrustada de flores douradas e em cujo capacete havia um leão com asas, aproximou-se e perguntou aos soldados quem estava tentando entrar. E eles lhe disseram: — É um mendigo, filho de uma mendiga, e nós o expulsamos.

— Não — ele gritou, rindo —, vamos vender essa coisa imunda como escravo, e seu preço será o mesmo de uma taça de vinho doce.

E um homem velho e de aparência estranha que estava passando gritou dizendo: — Vou comprá-lo por esse preço — e, assim que ele fez o pagamento, pegou o Filho das Estrelas pela mão e o levou para a cidade.

E depois que eles passaram por muitas ruas chegaram a uma portinha que ficava em uma parede coberta por árvores de romã.

E o velho bateu na porta com um anel de jaspe lapidado e ela se abriu, e eles desceram cinco degraus de bronze para um jardim cheio de papoulas pretas e jarros verdes de barro queimado. Em seguida, o velho tirou de seu turbante um lenço de seda estampada e com ele amarrou os olhos do Filho das Estrelas, conduzindo-o adiante. Quando o lenço foi retirado de seus olhos, o Filho das Estrelas se viu em uma masmorra, que estava iluminada por uma lanterna de chifre.

O velho colocou diante dele um pão embolorado em uma tábua e disse: — Coma — e um pouco de água salobra em um copo e disse: — Beba — e quando ele comeu e bebeu, o velho saiu, trancando a porta e amarrando-a com uma corrente de ferro.

****

No dia seguinte o velho, que era de fato o mais astuto dos

feiticeiros da Líbia e havia aprendido sua arte com alguém que morava nas tumbas do Nilo, veio até ele, franziu a testa e disse: — Em uma floresta que fica perto do portão da cidade de Giaours há três moedas de ouro. Uma é de ouro branco, outra de ouro amarelo, e a terceira é de ouro vermelho. Hoje você me trará a moeda de ouro branco, e se não a trouxer, eu lhe darei cem chicotadas. Vá bem rápido e ao pôr do sol estarei esperando por você na porta do jardim. Preste atenção para pegar o ouro branco ou sofrerá um castigo; você é meu escravo porque o comprei pelo preço de uma taça de vinho doce.

Então, ele cobriu os olhos do Filho das Estrelas com o lenço de seda estampada, e o conduziu pela casa, e pelo jardim de papoulas, e pelos cinco degraus de bronze. E abrindo a portinha com seu anel, colocou o menino na rua.

****

O Filho das Estrelas saiu do portão da cidade e chegou à Floresta da qual o Feiticeiro lhe falara.

Bem, a floresta era muito bonita de se ver de fora, e parecia cheia de pássaros cantando e de flores perfumadas, e o Filho das Estrelas entrou nela bem feliz. No entanto, sua beleza pouco lhe valeu, pois onde quer que ele fosse havia espinhos e roseiras-bravas brotavam do chão e o cercavam; urtigas malignas o picavam, e os cardos espinhosos o cortavam como faca, o que lhe causou muita dor e sofrimento. Tampouco conseguiu encontrar a moeda de ouro branco da qual o Feiticeiro havia falado, embora a procurasse da manhã até o meio-dia e do meio-dia até o pôr do sol. E ao entardecer virou o rosto em direção à casa, chorando amargamente, pois sabia o que o destino lhe reservava.

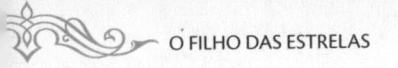

Mas quando chegou nos limites da floresta, ouviu de um matagal um grito como de alguém que estivesse com muita dor. E, esquecendo-se de sua própria tristeza, correu de volta ao local e viu ali uma pequena lebre presa em uma armadilha que um caçador havia preparado para ela.

E o Filho das Estrelas teve pena da lebre e a soltou, dizendo: — Eu mesmo sou apenas um escravo, mas posso lhe dar sua liberdade.

E a lebre respondeu a ele e disse: — Certamente você me libertou e o que eu posso lhe dar em troca?

E o Filho das Estrelas disse a ela: — Estou procurando uma moeda de ouro branco, mas não consegui encontrá-la em lugar algum, e se eu não a levar ao meu mestre, ele me dará uma surra.

— Venha comigo — disse a Lebre —, eu levarei você até ela, pois sei onde está escondida e com que propósito.

Assim, o Filho das Estrelas seguiu a Lebre, e, vejam só!, na fenda de um grande carvalho viu a moeda de ouro branco que procurava. E ele ficou cheio de alegria, e agarrando a moeda disse à lebre: — A ajuda que eu lhe prestei, você retribuiu muitas vezes, e a bondade que lhe mostrei, você retribuiu cem vezes mais.

— Não — respondeu a Lebre —, eu lhe tratei do mesmo modo que você fez comigo — e saiu correndo para longe; então, o Filho das Estrelas seguiu em direção à cidade.

Ora, à porta da cidade estava sentado um leproso. Sobre seu rosto havia um capuz de linho cinza, e através de uma abertura seus olhos brilhavam como carvões em brasa. E quando ele viu o Filho das Estrelas chegando, ele bateu em uma tigela de madeira, tocou seu sino, e chamou por ele dizendo: — Uma moeda, por favor, ou irei morrer de fome. Eles me expulsaram da cidade, e não há ninguém que tenha piedade de mim.

— Ai de mim! — exclamou o Filho das Estrelas. — Tenho apenas uma moeda na minha bolsa, e se eu não a levar ao meu mestre, ele vai me bater, pois sou seu escravo.

Mas o leproso suplicou e implorou até que o Filho das Estrelas teve pena e lhe deu a moeda de ouro branco.

****

E quando ele chegou à casa do Feiticeiro, este lhe abriu a porta e perguntou: — Você trouxe a moeda de ouro branco?

E o Filho das Estrelas respondeu: — Eu não a trouxe.

Então o Feiticeiro o espancou, e colocou diante dele uma tábua vazia, e disse: — Coma — e um copo vazio e disse: — Beba — e atirou-o novamente na masmorra.

E no dia seguinte o Feiticeiro veio até ele e disse: — Se hoje você não me trouxer a moeda de ouro amarelo, eu com certeza o manterei como meu escravo, e lhe darei trezentas chicotadas.

Então o Filho das Estrelas foi para a floresta e durante todo o dia procurou a moeda de ouro amarelo, mas não a encontrou em nenhum lugar. E ao pôr do sol, ele sentou-se e começou a chorar, e enquanto chorava, a pequena lebre que ele havia resgatado da armadilha se aproximou dele.

E a lebre lhe disse: — Por que você está chorando? O que está procurando na floresta?

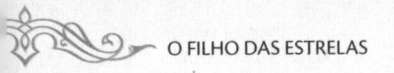

E o Filho das Estrelas respondeu: — Estou procurando uma moeda de ouro amarelo que está escondida aqui, e se não a encontrar, meu mestre me baterá e me manterá como escravo.

— Siga-me — respondeu a Lebre, e correu pela floresta até chegar a uma lagoa. E lá no fundo da lagoa estava a moeda de ouro amarelo.

— Como posso lhe agradecer? — disse o Filho das Estrelas. — Esta é a segunda vez que você me socorre.

— Não, foi você que me ajudou primeiro — disse a Lebre, e saiu correndo dali.

E o Filho das Estrelas pegou a moeda de ouro amarelo, colocou-a na bolsa e correu para a cidade. Mas o leproso o viu chegando e correu ao seu encontro, ajoelhou-se e implorou: — Dê-me uma moeda ou morrerei de fome.

E o Filho das Estrelas disse a ele: — Eu tenho na minha bolsa apenas uma moeda de ouro amarelo, e se eu não a levar ao meu mestre, ele vai me bater e me manter como seu escravo.

Mas o leproso implorou muito, de modo que o Filho das Estrelas teve pena dele, e deu-lhe a moeda de ouro amarelo.

E quando ele chegou à casa do Feiticeiro, este abriu a porta para ele e perguntou: — Você trouxe a moeda de ouro amarelo?

E o Filho das Estrelas respondeu: — Eu não a trouxe.

Então o Feiticeiro o açoitou e o levou com correntes novamente para a masmorra.

E no dia seguinte o Feiticeiro veio até ele e disse: — Se hoje

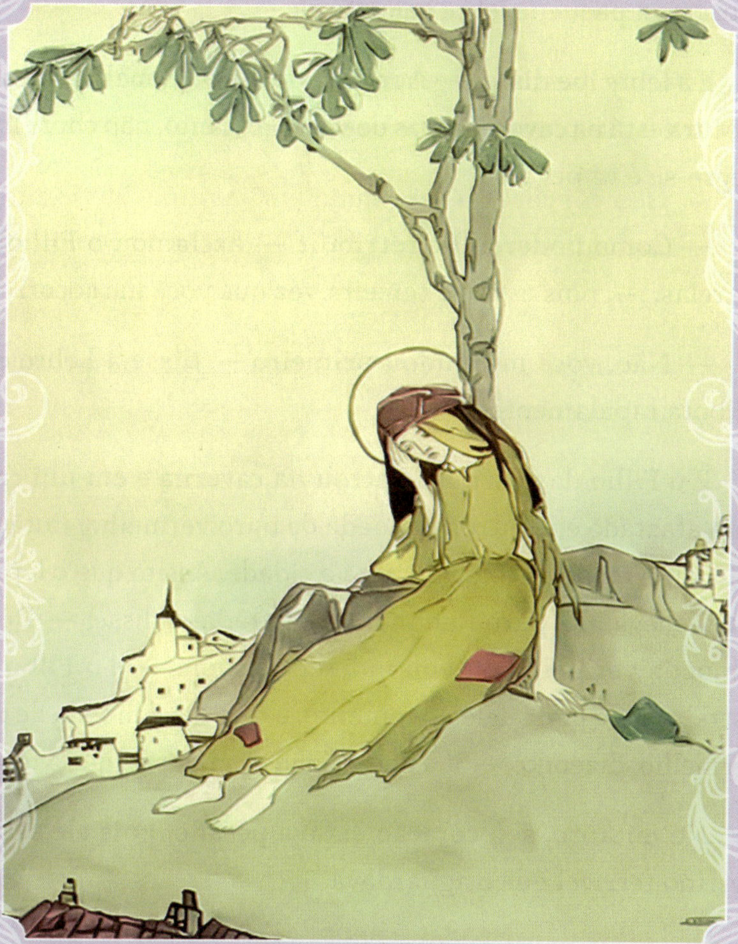

você me trouxer a moeda de ouro vermelho, eu o libertarei, mas se você não a trouxer, eu certamente o matarei.

Assim, o Filho das Estrelas foi para a floresta e durante todo o dia procurou a moeda de ouro vermelho, mas em nenhum lugar a encontrou. E à noite ele sentou-se e chorou, e enquanto chorava, a pequena lebre veio até ele.

E a lebre lhe disse: — A moeda de ouro vermelho que você procura está na caverna atrás de você. Portanto, não chore mais, alegre-se e vá pegá-la.

— Como poderei lhe retribuir — exclamou o Filho das Estrelas. —, pois esta é a terceira vez que você me socorre.

— Não, você me ajudou primeiro — disse a Lebre e foi embora rapidamente.

E o Filho das Estrelas entrou na caverna e em um canto bem afastado encontrou a moeda de ouro vermelho. Então ele colocou-a na bolsa e correu para a cidade. Assim que o leproso o viu chegando, parou no meio da estrada, e disse: — Dê-me a moeda vermelha ou vou morrer de fome — e o Filho das Estrelas teve pena dele novamente, e deu-lhe a moeda de ouro vermelho, dizendo: — Sua necessidade é maior do que a minha.

No entanto, seu coração estava pesado, pois ele sabia o destino terrível que o aguardava.

****

Mas vejam só o que aconteceu! Assim que ele passou pelo portão da cidade, os guardas se curvaram e fizeram reverência a ele, dizendo: — Como nosso senhor é belo! — e uma multidão de camponeses começou a segui-lo dizendo: — Certamente não há ninguém tão belo no mundo inteiro!

Então o Filho das Estrelas chorou e disse a si mesmo: — Eles estão zombando de mim e fazendo pouco caso de minha miséria — E a multidão era tão grande que ele perdeu o rumo do seu caminho e encontrou-se finalmente em uma grande praça, na qual havia um palácio de um rei.

A porta do palácio se abriu, os sacerdotes e os altos oficiais da cidade correram ao seu encontro, curvaram-se diante dele, e disseram: — Você é senhor por quem temos esperado, o filho do nosso Rei.

E o Filho das Estrelas respondeu-lhes: — Não sou filho de rei, sou filho de uma pobre mendiga. E por que vocês dizem que sou belo, quando sei que ninguém gosta de olhar para mim por causa da minha feiura?

Então o guarda que tinha a armadura decorada com flores douradas, e em cujo capacete estava desenhado um leão com asas, ergueu o escudo e exclamou: — Como pode meu senhor dizer que não é belo?

E o Filho das Estrelas olhou e viu que seu rosto estava como antes, que sua beleza havia voltado para ele, e ele viu em seus olhos o que não havia visto antes.

E os sacerdotes e os altos oficiais ajoelharam-se e disseram-lhe: — Há muito tempo foi profetizado que neste dia viria aquele que governaria nosso povo. Por isso meu senhor, tome esta coroa e este cetro, seja nosso Rei e nos governe com sua justiça e misericórdia.

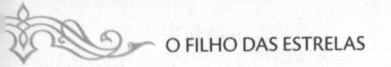

Mas ele lhes disse: — Não sou digno de ser o rei, pois neguei a mãe que me gerou, nem poderei descansar até encontrá-la e pedir seu perdão. Portanto, deixem-me ir, pois devo vagar novamente pelo mundo, e não posso ficar aqui, embora vocês tenham me oferecido a coroa e o cetro da cidade.

Então, entre a multidão que se apertava em volta dos soldados, ele viu a mendiga que era sua mãe, e ao lado dela estava o leproso, o mesmo que ficava sentado à beira do caminho.

Um grito de alegria escapou de seus lábios e ele correu e, ajoelhando-se, beijou as feridas nos pés de sua mãe e as molhou com suas lágrimas. Ele inclinou a cabeça na poeira e, soluçando, como alguém cujo coração poderia quebrar, disse a ela: — Mãe, eu a neguei na hora da minha soberba. Aceita-me na hora da minha humildade. Mãe, eu lhe dei ódio. Dá-me seu amor. Mãe, eu a rejeitei. Receba seu filho agora — Mas a mendiga não lhe respondeu uma palavra.

Ele estendeu as mãos e abraçou os pés brancos do leproso, e disse-lhe: — Três vezes lhe dei da minha misericórdia. Peça a minha mãe que fale comigo uma vez — Mas o leproso não lhe respondeu uma palavra.

E soluçando novamente, ajoelhou-se e implorou: — Mãe, meu sofrimento é maior do que posso suportar. Dá-me o seu perdão e deixa-me voltar para a floresta — E a mendiga pôs a mão sobre a cabeça dele e disse: — Levante-se — e o leproso também pôs a mão sobre a cabeça dele e disse: — Levante-se.

Ele se levantou e olhou para os dois e, vejam só!, eram o Rei e Rainha.

E a rainha disse a ele: — Este é o seu pai a quem você socorreu.

E o rei disse: — Esta é a sua mãe cujos pés você lavou com suas lágrimas.

E eles o abraçaram e o beijaram; trouxeram-no para o palácio e o vestiram com belos trajes e colocaram a coroa sobre sua cabeça e o cetro em sua mão. Então ele governou a cidade que ficava junto ao rio e foi seu senhor. Ele demonstrou muita justiça e misericórdia a todos, e baniu o malvado Feiticeiro. Ao Lenhador e sua esposa ele enviou ricos presentes, e para seus filhos ele concedeu grande honrarias. Ele não permitia que ninguém fosse cruel com os pássaros nem com outros animais, pelo contrário, ensinava o amor, a bondade e a caridade; e aos pobres ele dava pão, aos despidos ele dava roupas, e havia paz e fartura naquele lugar.

No entanto, ele governou por pouco tempo, tão grande tinha sido seu sofrimento e tão amargo o fogo de suas provações, e após o espaço de três anos ele morreu. E aquele que veio depois dele governou com muita maldade.

Impressão e Acabamento
Gráfica Oceano